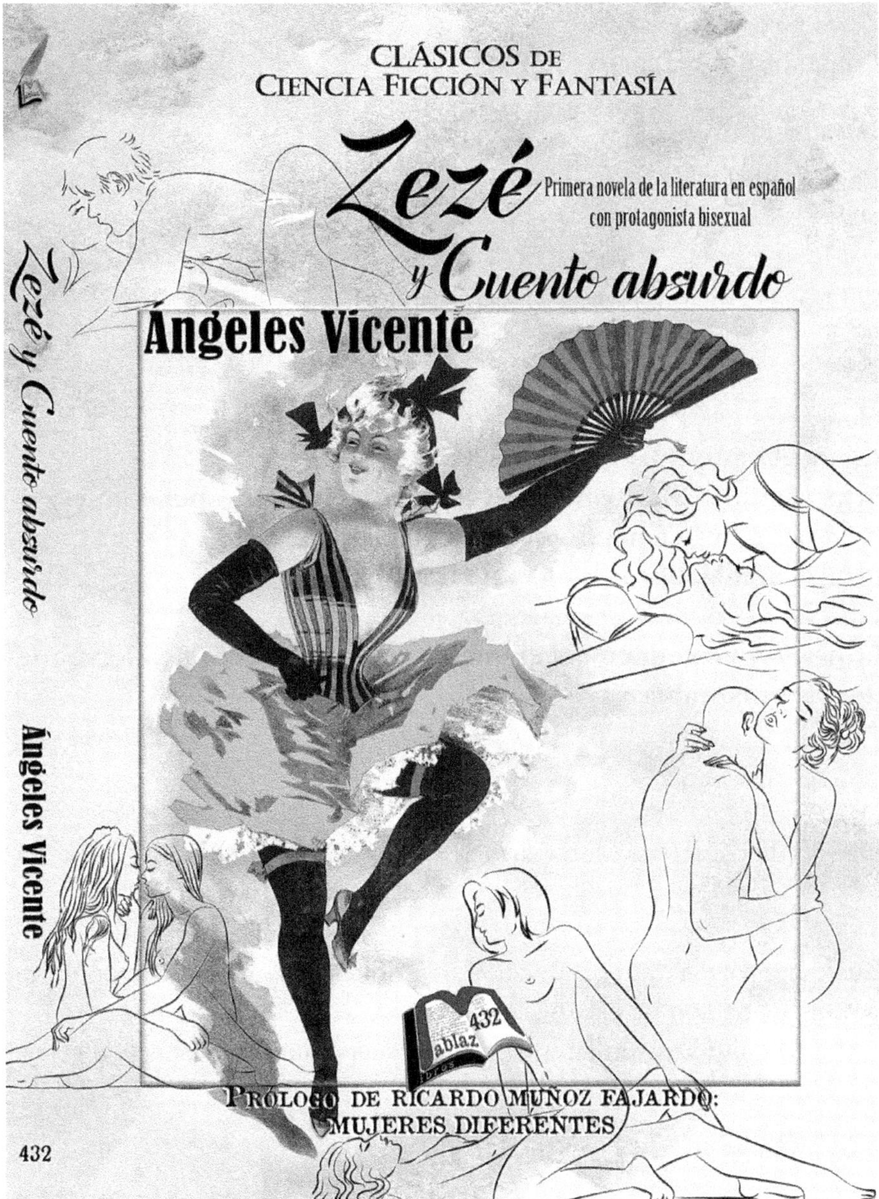

CLÁSICOS DE
CIENCIA FICCIÓN Y FANTASÍA

Zezé

Primera novela de la literatura en español
con protagonista bisexual

y Cuento absurdo

Ángeles Vicente

PRÓLOGO DE RICARDO MUÑOZ FAJARDO:
MUJERES DIFERENTES

432

Zezé y Cuento absurdo

Ángeles Vicente

Ciencia Ficción y Fantasía - 161

Zezé y Cuento absurdo
Primera Edición, enero de 2025

© Libros Mablaz, Madrid

© De esta edición, Libros Mablaz, Madrid

blogs:
Editorial Libros Mablaz
http://editoriallibrosmablazycienciaficcion.blogspot.com.es/
Ciencia ficción y fantasía en Libros Mablaz:
http://mablazlibros.blogspot.com.es/
Librería en Todocolección:
**https://www.todocoleccion.net/s/catalogo?identificadorvende
dor=LibrosMablaz**

Diseño de cubiertas: Mari Carmen López

ISBN: 979-13-991135-6-3
Depósito Legal: M-26105-2025
LIBROS MABLAZ - 432

Zezé

y

Cuento Absurdo

Ángeles Vicente

PRÓLOGO: MUJERES DIFERENTES

Ángeles Vicente sí es una mujer diferente.

No fue una escritora prolífica, pero nos dejó dos obras imprescindibles, una novela y un cuento, muy diferentes a lo que contaban la mayoría de los libros a principios del siglo XX. *Zezé*, la novela, es definida por muchos de los que hablan de ella como la primera obra escrita en español protagonizada por un mujer lesbiana. Una comidilla que se ha debido de extender como entre los que señores y señoras que la citan, porque ha creado furor a pesar de que la protagonista no sea una mujer sáfica, sino en lo que terminología actual, definiríamos como una persona bisexual.

Zezé es, en realidad, una novela picaresca del siglo XX que cuenta la vida del personaje que da título al libro, desde su primera adolescencia hasta el momento que ya, mujer, sabe buscarse la vida por sí misma y ganar mucho dinero ejerciendo como cupletista... y mucho más.

Zezé viene acompañada en este libro con

un relato, *Cuento absurdo* (1910), también diferente, publicado en una antología de relatos escritos por Ángeles Vicente titulado *Los buitres*, es la única obra de esta autora que es nombrada y, por tanto, considerada como tal en todos los índices o catálogos de ciencia ficción española. La trama gira en torno a un anarquista que tiene muy presente la decadencia de la Humanidad, por lo que dice suprimirla, aunque parece que todo no le sale al protagonista como había planeado.

Una vez hecha la sinopsis de lo que hay en esta obra, vamos a hablar sobre esas otras mujeres diferentes a las que hace referencia el título de este prólogo, diferentes por el hecho de tocar en su obra escrita obras dedicadas sobre todo a la fantasía, aunque también de terror y ciencia ficción, nacidas todas antes de iniciado el siglo XX, nunca se irá más allá en el tiempo.

La lástima es que la lista de autoras de estos temas es corta.

Acerquémonos en primer lugar al siglo XV, cuando una sor llamada Isabel de Villena escribe, en valenciano, *Vita Christi* (1497), en castellano *Vida de Cristo*, del que no hace falta contar el argumento y que puede considerarse una precursora en la introducción de elementos especulativos, así ha visto por muchos estudiosos, de lo fantástico por su composición alegórica y de concepciones tan nítidas y profundas que a veces parecen utópicas.

La segunda escritora, dicha así porque se dedicó a la literatura como oficio, es Beatriz Bernal, que con su *Historia de los invictos y magnánimos cavalleros don Cristalián de España, príncipe de Trapisonda, y del infante Luzescanio su hermano, hijos del famosíssimo emperador Lindedel de Trapisonda* (sic), al que podemos llamar tan solo como el *Cristalián de España* (1545), compuso la única novela de caballerías realizada por una mujer, en la que inserta elementos imaginados por fantásticos, más que el único elemento de tal guisa que aparece en el *Quijote*, el caballo de madera llamado Clavideño, un autómata tipo marioneta manejado por burladores del Ingenioso Hidalgo.

Novelas amorosas y ejemplares (1637), de María de Zayas, considerada la mejor novelista femenina del Siglo de Oro, aunque es bien cierto que tiene muy poca producción, es un libro que sigue el arquetipo de las *Novelas Ejemplares* de Miguel de Cervantes. La obra de Zayas está incluida en los catálogos de fantasía española, aunque es bien cierto que no todos los relatos incluidos en ella no lo son. La ficción ha sido reeditada por nuestra editorial.

Demos un salto en el tiempo y nos situamos en el siglo XIX.

Rosalía de Castro, la insigne escritora, cultivadora de la poesía, el relato y la novela, hace abundantes guiños a la evocación fantástica. Mablaz ha reeditado suya *El caballero de las botas azules* (1867) y en el futuro hará lo propio con *El primer loco (cuento extraño)* (1881). Además de estas dos obras de mayor extensión, De Castro tiene varios relatos breves más en los que se sumerge en mundos imaginados.

Fernán Cabellero, seudónimo de Cecilia Böhl de Faber, a pesar de su talante tradicional, escribió un buen número de relatos y cuentos fantásticos en los que incluso menta al diablo. Libros Mablaz ha elegido uno de los más representativos, *Callar en vida y perdonar en muerte* (1856), un drama familiar porque en su seno se produce un crimen. La narración siempre tiene un carácter moralista y cristiano.

La primera novela de Emilia Pardo Bazán, *Pascual López: autobiografía de un estudiante de medicina* (1879), también reeditada por Libros Mablaz, es básicamente una fantasía. Después de ella, salieron de su pluma grandes libros, pero nunca dejó de lado la fantasía. Publicó una recopilación de relatos cortos que llamó *Cuentos sacroprofanos* (1899). De estos escribió muchos, entre los que destacaremos el grupo que podríamos llamar de las nochebuenas —*La Nochebuena en el Infierno*, La *Nochebuena en el Purgatorio*, *La Nochebuena en el Limbo* y *La Nochebuena en el Cielo*—, escritos entre 1891 y 1892, con claras influencias en su composición de autores anteriores, como fueron Dante en *La Divina Comedia,* o Charles Dickens en *Cuento de Navidad* o Alejandro Dumas, padre, con *Mil y un fantasmas.*

La última autora a la que vamos a mencionar es Carmen de Burgos, también conocida por su seudónimo, Columbine, una mujer feminista que por serlo sufrió los ataques de la sociedad cerrada de su tiempo (1867-1932), que tuvo las agallas de separarse de un marido maltratador e infiel, de tener una relación amorosa con Ramón Gómez de la Serna, veinte años más joven que ella, de ser una militante de los derechos de las mujeres y de la democracia que supuso la llegada de la II República, en la que solo vivió un año.

Nuestra editorial ha publicado de Columbine *La mujer fría* (1922), con una trama en parte vampírica. Otra obra suya que ha sido catalogada dentro del género es *El perseguidor* (1917), una obra polémica para su tiempo — incluso se podía decir que ahora también lo sería, porque en ciertas cosas parece que la sociedad se ha quedado estancada— en la que se refleja una situación de acoso de un hombre a una mujer y los cambios que en esta persona produce la situación que vive.

Las dos últimas obras que citaremos de Carmen de Burgos son *La mujer fantástica* (1924), en la que Columbine hace una crítica severa de la mujer superficial, que siempre ha de ser consciente de su situación y la necesidad de igual con los varones; y *Los endemoniados de Jaca* (1932), sobre las supersticiones y el fanatismo en España, más aún en el medio rural.

Ricardo Muñoz Fajardo

I

Obscurecía ya cuando el vapor San Martin ponía sus ruedas en movimiento, y abandonaba pausadamente la dársena Sur.

Los pasajeros, reclinados en la borda, agitaban sombreros y pañuelos a los amigos y parientes que desde el muelle correspondían al saludo de despedida.

El Paseo de Colón, el Parque de Lezama, la Boca del Riachuelo... todo fue achicándose poco a poco hasta perderse de vista, y la gran ciudad de Buenos Aires quedó envuelta en las sombras de la noche.

Continué absorta en la contemplaci6n de aquel panorama tan conocido para mí, y el alejarme de él, sin saber por qué, me produjo un pesar indescriptible.

Todos parecían participar de aquella tristeza mía, encerrándose en sí mismos, y olvidando por un instante que la vida proseguía su febril actividad mecánica.

La campana, que llamaba a cenar, nos sacó de nuestras íntimas meditaciones.

El comedor fue invadido por la afluencia de viajeros.

Estábamos a fines de diciembre, y, como el calor se hacía sentir, la gente emigraba buscando el fresco de las playas.

La animación y la alegría fueron creciendo en los comensales, a medida que desfilaban los platos de la opípara cena; después, divididos en grupos, unos salieron a la toldilla, poniéndose otros a jugar a las cartas.

Yo, pensativa, estuve largo rato reclinada en la borda del lado de uno de los tambores, entretenida en mirar los remolinos de espuma que formaba la rueda al sacar sus palas fuera del agua. Más tarde, me retiré al camarote.

Al entrar en él vi que habían cambiado unas maletas; pero, reconocido que todo lo mío estaba en el mismo sitio, sin preocuparme empecé a colocar convenientemente esa serie de bultos pequeños que se acumulan a última hora en las viajes.

Estaba en estos arreglos, cuando entró una joven hermosa, alta, elegantísima, trigueña, con grandes ojos negros. Vestía un traje corte sastre, color azul marino. El negro y abundoso cabello lo llevaba sujeto por horquillas y peine tas adornadas con brillantes. Al verla, sentí simpatía por aquella arrogante mujer.

—Buenas noches, señora —dijo la recién llegada en tono muy extraño. Me fije en su cara y la noté tan sofocada que, sin contestar al sa ludo, le pregunte:

—¿Le pasa a usted algo?

—¿Que si me pasa? —contestó con voz temblorosa; como queriendo reprimir el llanto o la ira.

—¿Qué le sucede?—insistí.

—No sé, señora, no sé, estoy como loca...

—Si no habla más claro...

—¿No se ha enterado usted de nada?

—¡No...!, de nada.

—¡Pues pequeño jaleo han armado!

—¿Por qué?

—Porque soy cupletista —dijo con marca- da ironía—. Estaba trabajando en el Casino, y ahora voy contratada a Montevideo.

»En la agencia quise pagar un camarote para mí sola, como hago siempre, pero no pudo ser: quedaba solo un pasaje, que acepté ante la necesidad de debutar mañana.

»Me ha tocado un camarote donde va una señora con su hija, la que, apenas se ha enterado de que soy cupletista, ha puesto el grito en el cielo, quejándose al comisario.

—¿Le parece a usted —ha dicho la buena señora— que voy a consentir que mi niña duerma al lado de una... cupletista?

»El comisario ha tratado de calmarla, trasladándome de camarote, pero como ella ha continuado comentando acaloradamente el hecho inaudito, todas las otras damas se han creído en el deber de no ser menos honestas y delicadas, y mis maletas andan corriendo sin encontrar acomodo. Si aquí no paran, será preciso tirarlas al agua.

—¿Por qué no han de parar?

—¡Si usted se queja también...!

—¡Quejarme!

—¡Como soy cupletista!

—Y, ¿es ese su único delito?

—Esta noche no he cometido otro.

—Grave es el asunto —dije riéndome— esas pobres señoras han tenido razón de alarmarse; figúrese, una cupletista es un ser peligroso. ¡Qué tontería! ¡Qué gente más imbécil!

Vamos, tranquilícese; por mí le aseguro que prefiero su compañía a la anterior.

Comentando irónicamente lo sucedido, comenzamos a desnudarnos.

Sentíamos calor, apagamos la luz, y abrimos una ventanilla que daba sobre cubierta.

Algunos pasajeros se paseaban. Desde la cama los veíamos ir y venir, oyendo a intervalos sus conversaciones. Después de un breve silencio interrogué a mi compañera.

—¿Hace mucho tiempo que trabaja usted en el teatro?

—Cuatro años.

—¿Cómo se llama?

—Me llaman Bella Zezé. Mi nombre propio es Emilia del Cerro.

—Por el acento parece usted española.

—Soy madrileña.

—Y, ¿hace mucho tiempo que falta usted de España?

—Unos seis meses.

—También yo soy española, pero vine tan niña a la República Argentina, que casi no recuerdo de mi patria.

—¿De qué parte es usted?

—De Murcia.

—¿Piensa usted volver por allí?

—Sí, tal vez muy pronto.

—Yo, cuando cumpla este contrato en Montevideo, regreso a Madrid.

—¿No le gusta este país?

—Sí, bastante, pero antes de salir dejé firmado otro contrato para Barcelona.

—Por lo que se ve trabaja usted mucho.

—Sin descanso.

— Y, ¿le gusta la vida del teatro?

—Ahora sí porque estoy acostumbrada; pero, sufre una tantas humillaciones...

—¿Se ha dedicado usted por vocación?

—No, señora, por necesidad. En España, la mujer que se ve obligada a resolver por sí misma el problema de la vida, difícilmente puede hacerlo en forma decorosa, y de lo malo, lo. mejor es hacerse cupletista.

—¿Tan poco escenario tiene la mujer?

—Casi ninguno.

—Y, ¿no hay movimiento feminista?

—Movimiento feminista, como acción decisiva en Ia opinión general, no. La mujer allí, comúnmente, tiene el cerebro atrofiado por la continua sugestión de obediencia que se le hace en la casa, en el colegio y el confesionario. Vive convencida de su inutilidad, para otra cosa que no sea la esclavitud a que se somete pasivamente, y, cuando tiene que luchar, como la instrucción que ha recibido es inútil, no le queda otro remedio que sucumbir... y sucumbe al único medio de que dispone, a la prostitución, donde, después de explotada en vil comercio, es despreciada, concluyendo así la sociedad de cometer su crimen como cualquier homicida vulgar.

—¡Qué triste...! Pero, ¿no cree usted que muchas veces es ambición por el lujo o vicio lo que lleva a ese fin?

—Creo que no. El deseo del lujo y el vicio son efecto de la caída: en casos raros podrán ser la causa.

—Entonces, segun su opinión, la sola culpable es la sociedad.

—Así lo creo. Estoy convencida de que si he descendido no ha sido por mi culpa.

—A veces somos indulgentes con los demás, por nosotros mismos.

—Puede ser, pero nunca he pretendido justificarme, justificando a los otros. Todas las miserias de la vida están justificadas por sí mismas, puesto que no hacemos otra cosa que tutelar el propio derecho de conservación.

—No juzgo por mí solamente. Mi vida ha sido una continua oscilación entre la miseria y la opulencia, y si así me expreso es debido al estudio y observación que en ella he hecho.

—¡Si usted conociera mi historia!

—Si no temiera pecar de indiscreta, le rogaría que me la contase. Comprenderá mi curiosidad, cuando sepa que tengo la manía de emborronar papel.

—¡Ah!, ¿es usted escritora? Pues con mucho gusto se la contaré —y añadió riendo—, no podrá usted publicarla.

—¿Le molestaría?

—No, pero mi historia es de las que escandalizan a los moralistas.

—¿Cree usted inmoral descubrir las llagas y los dolores ignorados por la multitud, que las grandes ciudades esconden en su colmena, ya entre el zumbido complejo de miles de energías renovadas, ya disimuladas por los esplendores del lujo?

—Al contrario, muy moral, pero a los eunucos del viejo harén, conservadores de la corrupción, no les conviene entenderlo así.

—No me preocupan. Tengo mis ideas y gustos bien definidos, y, si la publicara, cuanto pudieran decir me tendría sin cuidado.

—Pues por mí la autorizo para que haga lo que guste. Y como tenemos toda la noche de tiempo, puedo contársela, si así lo desea, hasta con lujo de detalles.

—No; prefiero la narración concisa.

ÁNGELES VICENTE

ZEZÉ

(NOVELA)

Marco

LIBRERÍA DE FERNANDO FÉ
Puerta del Sol, 15 :: MADRID

II

—Tendría doce años cuando empecé a saber lo que era sufrir.

Una mañana, que jamas se borrara de mi memoria, me despertó mi madre diciéndome que me levantara en seguida para irme a casa de mi tía.

Ya vestida, salí de mi cuarto.

El silencio de la casa, y los sirvientes que iban y venían, deslizándose como fantasmas, e hicieron presentir que ocurría algo anormal. Sin saber por qué, entré en el dormitorio de mi padre, acercándome indecisa a su cama. Él me llamó al verme, y de un salto estuve abrazada a su cuello. Permanecimos así unos instantes, hasta que hacienda un esfuerzo para tragar el nudo ·de lágrimas que le sofocaba, exclamó:

—¡Pobre hija mía! ¡Cómo te quedas! ¡Qué imbécil he sido!

Yo no entendía; él continuó:

—Tu madre no te quiere, estoy bien seguro.

Dio un profundo suspiro, se llevó las manos a los ojos para ocultar las lágrimas, y guardó silencio.

La penumbra en que estaba envuelta la· habitación, el rumor confuso que llegaba de la calle, el fatigoso respirar de mi padre, a intervalos acentuado por suspiros de dolor... todo tenía para mí algo misterioso que me aterrorizaba y me hacía enmudecer.

De súbito, como si tomara una extrema re solución, se incorporó, y me mandó ir en busca de mi madre.

Obedecí sin replicar, y pronto estuve de regreso con ella.

¡Qué escena la que allí presencié! Se insultaron, se llenaron de maldiciones. Mi padre, haciendo un supremo esfuerzo, sacó un paquete que tenía debajo de la almohada, y se lo arrojó a la cara, diciéndole:

—Ahí tienes las cartas de Ferrario. Ya ves como tenía la evidencia. Lo que siento es que he sido un loco dejándome matar por una mujer como tú.

Mi madre quedó abatida, y en sus grandes ojos negros, que miraban al suelo, pareció brillar una lágrima; pero en seguida se repuso, y llamando a una sirvienta, le ordenó llevarme a la casa de mi tía.

Era esta una vieja solterona. Vivía sola en un palacio que tenía cierto aspecto de soledad y abandono, cuyo mobiliario igualaba en antigüedad a las ideas de su dueña. Todo era umbrío en aquella casa, por cuyos balcones eternamente cerrados y cubiertos de hiedra, jamás penetró el sol.

No quisiera acordarme de la temporada que allí pasé, oprimida y mortificada por las chocheces y santurronerías de aquella mujer fanática, personificación de la avaricia y del egoísmo, que si me tiene más tiempo a su lado, me manda, de fijo, al otro mundo.

Decía que mis padres eran súbditos de Satanás, y se le ocurrió que yo podía salvarlos por medio de rezos, ayunos y mortificaciones, y con tan santo fin, no perdonaba ocasión de martirizarme. Para estas prácticas, era para lo único que era pródiga, aunque también eran fruta de su egoísmo, pues queriendo ganar el perdón de sus faltas, rezando para otros, siempre eran indulgencias que sumaba a su favor.

Y a la verdad, que si mis padres estaban condenados, mi tía no debía estarlo menas, porque en su juventud tuvo cosas más peregrinas que mi madre. Desde las quince años, en que heredó de mis abuelos maternos el marquesado del Palmar y una cuantiosa fortuna, hasta los cuarenta, en que, gracias al padre Jacinto, se operó el milagro de su conversión, y empezó a arder en fervor religioso, anduvo corriendo en brazos de! acaso, sin desperdiciar los frutos del evento, que, según me contaron, algunos fueron picantes y sabrosos.

Siempre procedió como los seres que llevamos en sí la más completa rebeldía, y hacemos caso omiso de la moral legislada por hombres no conocerían sus propios sentimientos.

Está de más le diga que teniendo mi tía título y fortuna, su conducta siempre, cuando no tomada a gracia, fue juzgada con benevolencia; todo lo más, se la consideró una histérica o una extravagante; a lo menos, así la he oído calificar, por quien, no hace mucho tiempo, me ha contado su historia; pues yo cuando estuve en su casa era muy niña, y nada sabía, y mi madre, nunca, ni por despecho, habló de ella.

Desde el día en que mi tía, no se sabe cómo, hizo amistad con el padre Jacinto, no se la volvió a ver ni en teatros ni saraos; suspendió sus fiestas, cerró sus salones, y en su casa no volvió a entrar nadie más que el buen pater.

Transformó una de las salas en capilla, y ahí, arrodillada al pie del altar, ante un crucifijo, se pasaba la mayor parte de su vida rumiando oraciones.

Ahora puede usted figurarse mi vida en aquella casa, sin poder salir ni a un balcón, ni. hablar, ni comer cuanto deseaba, porque raro era el dia que no fuera de ayuno, y cuando no, al verme comer algo con gusto, me lo quitaba y me hacía rezar, ofreciendo la mortificación a nombre de mis padres.

No me hablaba más que del infierno, del demonio, así que con el terror que infundía en mi imaginación, y la debilidad que se me iba apoderando, además de enferma, me puse idiota.

Muchas veces, al conocer la historia de mi tía, he pensado en ella, y nunca he podido comprender, cómo aquella mujer que no fue tonta, que había viajado y que se había criado libre, hubiera caído en tanta imbecilidad, siendo posible beberse los sesos, y suponer que ella se los bebió, me parece inverosímil. Sólo puede explicármelo la sugestión. Sabido es que por medio de la sugestión auricular vienen los curas imperando.

En fin, la cuestión es que mi tía aún vive, y que siendo yo su única heredera, los curas se comerán su fortuna, y yo no veré un céntimo.

III

Al volver a mi casa, encontré que mi padre había muerto, y que Ferrario ocupaba su lugar.

Comprendí entonces todo lo ocurrido, convenciéndome de que mi madre no me quería.

La pobre era víctima de una pasión rayana en la locura que, dominándola, fue la causa de todas nuestras desgracias.

No sé qué de extraordinario encontró en aquel hombre para enamorarse de él perdidamente. Era un tipo guapo, pero tan pagado de su belleza que se hacía repugnante; era rico y jugador; calavera, corrompido de cuerpo y alma, y sóllo tenía deseos de gozar la vida materialmente. La disolución más completa minaba todas sus fibras, y, en su egoísmo de vivirla in tensamente, era brutal, cínico e incapaz de ninguna acción buena o generosa, al no ser hecha por vanidad.

Él hacía todo lo posible por serme amable, pero a mí, me resultaba tan antipático, que nunca pude resistirle, y en su presencia, un extraño malestar me inquietaba.

A mi madre, la hacía, sin duda, padecer porque cada vez yo la encontraba más cambiada. Estaba muy pálida, y el color amarillento de su cara, resaltaba aún más en el marco de sus cabellos, negros como plumas de cuervo. Sus ojos, hundidos, tenían resplandores extraños, y la lividez que los cercaba, daba a su mirada una expresión más fascinadora y voluptuosa que nunca.

A mí me tenían abandonada al cuidado de una vieja doncella; cuya apatía nostálgica me hacía llegar al colmo de la desesperación...

¡Qué destino más irónico!

Yo, que he sido de un carácter sentimental, casi romántico; que he soñado pasar mi vida en una casita sola, perdida en el follaje de un monte, entre seres que me amasen, para prodigarles mis cuidados y caricias... ¡amar y sentirme amada! Esa fue mi ilusión, mi sueño dorado... y en cambio, ¡he vivido siempre tan sola de alma...!

Mi interlocutora guardó silencio. Por la inflexión de la voz en las últimas palabras, me pareció que lloraba.

—¡Cuantas existencias truncadas! —pensé—. ¡Cuántos seres desgraciados par las tonterías humanas! ¿Cuándo se pondrá el hombre de acuerdo con la Naturaleza, y verá la realidad? Para animarla a continuar su relato, exclamé:.

—¡Oh! ¡El sentimiento! ¡Qué tontería! ¡Es la negación de la vida!

—Tiene usted razón —contestó, repuesta—. Hoy, afortunadamente, me siento pocas veces sentimental. En mi soledad no he hecho más que estudiar y observar. Mi desesperación encuentra en el estudio un calmante, y el estudio y observación han hecho de mí un filósofo con enaguas; algo escéptico quizá, por los desengaños sufridos a mi paso por el camino de la perdición.

—Pues entonces, ¿qué entiende por camino de la perdición?

—¡Qué sé yo...! ¡Es una convención como cualquier otra

—Y ¿no le parece que las convenciones son el sistema más ridículo de altruismo?

—Sé decirle, que hoy no acepto convenciones que estén fuera de mí misma; que para mí no existe ni el bien ni el mal, ni lo feo ni lo bonito; que admiro lo que me agrada. Tal vez mi gusto está pervertido, por mi gusto por lo hórrido, por lo monstruoso. Para mí, la mejor música y los mejores cuadros están en una tormenta en medio del mar.

»Adoro la armonía de la Naturaleza, la melodía infinita que vibra en el silencio de las cosas; la música de la noche; la poesía de un crepúsculo de verano... Detesto los detalles, la hojarasca; me gustan los esbozos, no la obra de arte terminada. Me he conmovido delante de una torre en ruina, y he llorado al murmullo de las olas en una playa, como si sintiera los sollozos, el llanto de todos los muertos tragados por el mar; como si escuchase el eco de sus voces mezcladas en una grandiosa melodía que ningún músico podrá escribir jamás.

—Eso, a mi manera de ver, revela un temperamento muy artista y un espíritu grandioso.

—No sé. Sin duda, encontrará usted en mí algunas contradicciones, porque me ha sucedido siempre un fenómeno muy curioso: parece como si hubiera un desdoblamiento de mi yo, y esta fuera múltiple, o que mi materia sea instrumento donde se manifiestan varias personalidades, cada una de ellas con su carácter propio y diferente... En fin, continuaré mi narración, y usted juzgará.

ÁNGELES VICENTE

ZEZÉ

(NOVELA)

MADRID
LIBRERÍA DE FE
Puerta del Sol, 15

IV

—Mi padre no tenía bienes de fortuna, pero era muy trabajador y ganaba mucho dinero. Con su muerte, faltaron los principales ingresos, y todo empezó a venir cabeza abajo. Ferrario era demasiado egoísta para ayudar a mi madre, y mi madre demasiado orgullosa para aceptarlo. Las rentas de mi madre no eran suficientes para mantener el lujo que gastábamos, así que decidió venderlo todo y se retiró a vivir al campo con su amante, dejándome interna en un convento, y prometiéndome venir verme de vez en cuando.

Me alegré [de] perder de vista a Ferrario, y salir de mi casa, donde solo me distraía mi fantasía y los consejos que ingenuamente daba a mis muñecas.

Como aún no había empezado el curso, y yo era la única pensionista, mis primeros días de colegiala fueron de una gran tranquilidad.

Todas las monjas me trataban con cariño, especialmente Angélica, hermana custodia de mi sala. Era muy buena, y tanto había simpatizado conmigo, que en ella encontré una verdadera madre.

Pasaba las mañanas en la pequeña iglesia del convento, oyendo el órgano que sor Beatriz tocaba de un modo singular, y cuyas notas envolvían mi alma en una especial dulzura. Por las tardes jugaba con las hermanas en el parque del colegio, corriendo y saltando hasta quedar rendida. Así se deslizaba el día rápida y agradablemente. Sólo de noche, al acostarme, me impresionaba la semiobscuridad de aquella sala tan larga y desmantelada: las sombras confusas que, a la luz mortecina de una lámpara de aceite que ardía delante de una imagen del niño Jesús, proyectaban en la pared las cortinas descorridas de las camas vacías, tomando en mi imaginación formas fantásticas, me producían miedo; para espantarlo, hablaba a sor Angélica, la que al comprender mi temor, me hacía ir a su cama. Allí le contaba mis penas, y ella me acariciaba dándome consejos.

Con el ingreso de las alumnas terminó aquella plácida vida, dando comienzo las tareas escolares.

Pase el año dedicada con entusiasmo al

estudio, siendo la preferida de las monjas por mi aplicación.

Como no hice amistad con ninguna de mis condiscípulas, el cariño que profesaba a sor Angélica, y las distinciones que ella hacía conmigo, dieron lugar a disparatados comentarios.

Mis compañeras pretendían desconcertarme con miradas y sonrisas burlonas, no perdonando ocasión de hacerme algo que me mortificara. No obstante, no les hacía caso, y cada vez me retraía más de ellas.

Después de los exámenes, en los que saqué las mejores notas, volví a quedar sola. La directora escribió a mi madre, preguntándole si me iba a dejar en el convento durante las vacaciones, y en contestación vino ella, dando excusas por no haber estado a verme durante el año.

Acordaron que las monjas me llevaran a la sucursal del campo, donde ellas por turnos pasaban el verano, y me fui con las primeras que para allí salieron.

El convento ocupa el centro de un gran rodenal. Algunos de aquellos pinos, alcanzan sorprendente altura. Más alla del pinar, se extienden unas cuantas fanegas de tierra, propiedad del convento, pobladas de almendros, olivos y algunas manchas de viñedo.

El pueblo más inmediato, es el de Fuentesoltera, que dista media hora de buen camino. Sus gentes llanas, crédulas, e ingenuas en demasía, profesan verdadera adoración por la Virgen del Rodenal, patrona del convento, y cuentan una fantástica leyenda de cómo apareció dicha Virgen entre los pinos y cómo no quiso salir de allí, obligando a que le hicieran una capilla, la que más tarde sirvió de base al convento.

Los domingos llegan los aldeanos a oír y llevar sus ofrendas a la milagrosa imagen, estas generalmente consisten en gallinas, cabritos, quesos... que, como es natural, tienen que comérselos las monjas.

También suelen llevar sus meriendas para pasar el día en el pinar de la Virgen, como ellos le llamaban, aspirando el sano olor a resina y pinocha.

Yo me divertía viendo la alegría de aquellas buenas gentes, y deseaba que llegaran los domingos, aunque para mí lo eran todos los días.

Las monjas me dejaban libre, y yo hacía vida montaraz corriendo con las hijas de los labradores vecinos o tendida a la sombra de un frondoso olivo rodeada de mis amiguitas, que escuchaban extasiadas de las cosas que había en Madrid. Una de ellas me acosaba con preguntas de cómo eran los reyes, pues en su pequeño cerebro no cabía que pudieran ser personas como las demás.

La vida higiénica, la libertad y tranquilidad de espíritu, durante aquellos tres meses, fueron, sin duda mi salvación. Me desarrollé como por encanto y en mi cara, antes paliducha, se estampó el color de la grana.

En el último turno vino sor Angélica. Como las monjas los días que pasaban en el campo hacían ejercicios de silencio, no podía hablarle, y eso me contrariaba; le hubiera querido contar mis impresiones campestres y mis charlas con las muchachas; pero tuve que aguantarme hasta el regreso a Madrid. Volví con ella, y durante el camino no callé un instante, narrándole hasta las más insignificantes tonterías, que ella escuchaba con aquella su sonrisa de bondad.

De nuevo se dio comienzo a las tareas

escolares. Volvieron las mismas niñas del año anterior, y me parecieron más odiosas al compararlas con mis sencillas campesinas.

Ese año no tenía ganas de estudiar ni de hacer nada. Raro era el día en que no recibiera un castigo, castigo que en mi hacía efecto contraproducente.

Sólo mi tía, con aquellas prácticas inquisitoriales, pudo anular mi voluntad; pero fuera de ella, rara vez he aceptado imposiciones de nadie, aunque a veces hubiera querido obedecer. Había algo inconsciente en mí, más fuerte que yo, que no me lo permitía. Siempre he pensado que si a una le quitan la voluntad, la convierten en un poco cosa, y por eso me he sublevado.

V

—Por cuestiones amorosas encerraron en mi colegio a una joven que se llamaba Leonor Portillo, hija de los marqueses del Gomeral. Era rubia, de ojos verdes, y tenía un cuerpo admirable.

En el dormitorio la pusieron a mi lado, y pronto, sin saber cómo fuimos inseparables compañeras.

Me contaba tantas cosas nuevas para mí, que me dejaba maravillada, y, al quedar sola pensando en lo que decía Leonor, me preguntaba: ¿será posible?, ¿será cierto?

Quedaba muda a mis interrogaciones, y arrepentida de saber, hubiera querido ignorar.

Sentía grandes deseos de huir de ella, pero su mirada, ya de orgullo o de cariño, me fascinaba de tal manera, que apenas la veía, me creía dispuesta hasta llegar al sacrificio por conservar su amistad.

Cuando estábamos solas, me cogía de las manos con un abandono que me hacía estremecer, y me besaba nerviosamente. Entonces quedaba abatida y sin valor para nada, hasta que la presencia de una compañera me hacía reaccionar al separarse Leonor de mí bruscamente como cogida en falta.

Comprendí que sor Angélica se daba cuenta de mi cambio, porque al acercarme a ella, alguna vez, me hacía cariñosos reproches, y con sonrisa muy amable me recordaba las noches que, medrosa, iba a su cama.

Yo me sentía confundida, me hubiera abrazado a su cuello pidiendo perdón, y le hubiera contado lo que me ocurría con Leonor, si esta, que no me perdía de vista, no se acercara enseguida con cualquier pretexto, y en sus ojos de tigre leyera un mandato, que yo obedecía siguiendo su fascinación.

Leonor tenia diecisiete años, yo catorce; pero era tan alta y desarrollada como ella. Sus caricias, cada vez más expresivas, me hacían sentir sensaciones nuevas, que yo no me explicaba. Para ello, recurría a Leonor que, con sonrisa maliciosa y lentamente, como gozándose en mi rubor, iba descorriendo el velo de mi inocencia.

Aquellas anteriores horas de paz, de tranquilidad de espíritu y de dulce misticismo, comenzaban a desaparecer. Algunas veces, deseaba huir del colegio. Estaba cada día más nerviosa, y la monotonía de aquella vida se me hacía insoportable. No encontraba ya placer en nada, y pasaba largos ratos entregada a mi fantasía, construyendo castillos con mis esperanzas y deseos.

Leonor, que comprendía mi situación, redoblaba sus caricias, y para calmarme contábame sus desilusiones.

Una noche, entrada ya la primavera, se nos ocurrió salir furtivamente a pasear por el jardín. Nuestro parque parecía absorto en una profunda meditación de viejo filósofo. Caminábamos cogidas por la cintura, hablando muy quedo. Las sombras de las arboles, que parecían obstruir el camino blanqueado por la luna, las pasábamos medrosamente. El silbido de las lechuzas, que en la cercana torre posaban,: nos llenaba de estupor; los cisnes dormían en torno al pequeño estanque, y una estrella, espejábase tranquila en el agua, como ojo que mirase la limpidez del cielo... Un perro, a distancia, ladró insistentemente, luego más cerca. Era Times que, al reconocernos, lamió nuestras manos y, moviendo la cola, nos siguió gimiendo de satisfacción.

Vagamos inciertas hasta dar con el muro que separa el parque de la calle. Pasaba gente. Un carro resbalaba sobre los guijarros; al chirrido de sus ruedas acompañaba el paso tardo del caballo. Después silencio...

Cansadas y mojadas por el rocío, volvimos al dormitorio. Leonor tropezó con una silla. Al ruido nos pareció oír que sor Angélica se levantaba, y temerosas de ser descubiertas, aunque las cortinas de las camas impedían vernos, nos acostamos apresuradamente.

Creí que apenas había cerrado los ojos, cuando tocó la campana de llamada.

Sor Angélica se levantó, abrió las maderas de las ventanas, y, como de costumbre, nos fue llamando una a una. Anduvo de un extremo a otro del dormitorio, hasta que todas estuvimos levantadas y listas para oír misa.

Durante el día sentí mucho sueño, y los ojos se me cerraban, aunque hacía grandes esfuerzos para tenerlos abiertos.

No comí nada. Una sequedad terrible me abrasaba la garganta, y todo me molestaba.

Las risas de mis compañeras resonaban en mis oídos irónicas y grotescas.

Leonor no me habló en todo el día. También ella parecía poseída de idénticas sensaciones y sus ojos, profundos como el mar, tenían un velo de finísima niebla.

Por la noche subimos juntas al dormitorio, sin decirnos palabra, como si nos separase algo infranqueable. Me desnudé en silencio

—La charla de mis compañeras fue disminuyendo hasta no oírse más que el suave rumor de las respiraciones. Dormí arrullada por aquel ritmo y abrazada a la almohada, con la cara entre los cabellos, que se me habían desatado. Fue un sueño profundo, del que me sacó la voz de sor Angélica.

Como yo estaba perezosa, Leonor, ya vestida, se acercó a mi cama diciéndome:

—¿Pero no te levantas?

—¡Ah!, sí, ya voy.

—¿Estás enojada conmigo?

—¿Por qué?

—Como no me hablaste ayer en todo el día, ni anoche...

—Has sido tú...

—¿Me quieres?

—Mucho. Sé prudente, que nos van a oír; ya ves cómo nos miran, luego, a la hora del recreo, hablaremos.

Efectivamente: a la hora del recreo hablamos mucho sobre nuestras ideas y sensaciones, quedando de acuerdo en que aquella noche saldríamos otra vez pasear por el parque.

La segunda escapada se verificó como la primera, sin el menor inconveniente.

Una vez en el jardín, y pensando que el jardinero pudiera oírnos, fuimos a pasear por el lado opuesto de su casa, hacia el sitio dedicado a huerta. Íbamos atentas al primer ladrido del perro para llamarle, pero inútil fue nuestra precaución: a Times no le oímos por ninguna parte.

Enlazadas por la cintura, anduvimos mucho. Leonor me contaba la historia de sus amores, y la gran oposición de sus padres porque el novio no tenía bienes de fortuna.

Cansadas ya, fuimos a sentarnos en el cenador que había en un ángulo de la huerta, cubierto por rosales trepadores. El suave perfume de las flores nos producía esa deliciosa embriaguez que hace vibrar a las almas exquisitas. De pronto, vimos aparecer algo como una visión que se nos acercaba. Quedamos sobrecogidas. Al distinguir que era una hermana, nos creímos descubiertas, y mi primer impulso fue echar a correr. Leonor me retuvo por la falda, diciéndome al oido que era sor Luisa, la profesora de dibujo, y que su presencia allí no podía ser por causa nuestra. Quedamos a la expectativa, y al poco salimos de dudas. Sor Luisa, dirigiéndose resuelta hacia el muro que daba a una estrecha callejuela, abrió una puertecilla, que nosotras no habíamos visto hasta entonces, y dejó pasar a un hombre, cerrando después precipitadamente.

Leonor me oprimió el brazo, y la monja volvió sobre sus pasos seguida de aquel hombre, al cual no pudimos distinguir.

Cuando se perdieron a nuestra vista entre los árboles, mi compañera me dijo en tono de satisfacción:

—¿Qué te parece? ¡Luego dirás que yo soy mal pensada, que invento disparates!

Yo no sabía que contestar. Tan extraño, e inesperado fue aquello para mí, que me· resistía a dar crédito a lo que mis ojos acababan de ver.

—¿Qué te parece? —insistió mi compañera.

—Será el médico —contesté ingenuamente—, habrá enfermado alguna.

Leonor, sofocó una carcajada, y exclamó:

—Sí, sor Luisa está muy grave, y por eso ha venido ella misma a hacer entrar el médico por esa puerta. ¡Qué inocente eres, por no decirte, qué tonta!

Como siempre, quede anonadada ante la malicia de Leonor. Continuaba esta sofocando la risa y gozándose en mi asombro.

—Leonor, ¡calla por Dios! No digas esas cosas, mira que pueden oírnos. Vámonos.

—No, yo no me muevo de aquí hasta que no salga ese... médico, quiero verle la cara... Mira, una vez me contó una compañera de otro colegio en que yo estuve, algo parecido a esto, sucedido no recuerdo a quien ni dónde; pero el caso es que al esperarse para ver salir al individuo, ¿quién dirás que era?

—¡Quién sabe!

—El mismo rey en persona.

—¡Imposible!

—¿Imposible? ¿Por qué? ¿Un rey no es un hombre?

—Sí, pero...

—Sin pero ninguno. Yo quiero ver salir a este, que si no es el rey, no sera tampoco un soldado...

Siguió contándome todo lo que ella decía saber de los conventos, ya por cuentos de otras, ya por observación propia. Yo insistía en que nos retirásemos; pero ella cada vez más firme en su resolución, no le importaba ser descubierta.

Permanecimos allí no sé cuánto tiempo, hasta que vimos aparecer nuevamente a sor Luisa seguida de un hombre fornido, de mediana estatura. Al acercarse distinguimos perfectamente su cara, adornada de barba y bigote blancos, que la luna plateaba. Le reconocimos, y yo reprimí una exclamación y Leonor una carcajada.

La puertecilla se abrió para dar paso a nuestro personaje, y sor Luisa volvió al convento.

—¿Puedes dudar ahora? —me dijo Leonor cogiéndome el brazo, retozona.

Guardé silencio.

Sin incidente alguno volvimos al dormitorio. Me desnudé nerviosa, y ya en la cama permanecí sin poder dormir, escuchando la respiración de aquellos cuerpos abandonados al sueño.

Miles de ideas cruzaban por mi imagi-nación, al recuerdo del hecho presenciado y comentado por Leonor.

De pronto, una boca caliente se posó sobre la mía y una mano ciñó mi espalda; un estremecimiento corrió por todo mi cuerpo. Creía soñar despierta, y mantuve lo ojos cerrados para no interrumpir aquella sensación agradable; luego el soplo suave de un aliento me acarició la cara... abrí los ojos dulcemente, y vi a Leonor.

—¡Ah! ¿Eres tú? —le dije, tendiéndole los brazos.

—Sí. Hazme un lugarcito.

La obedecí, y se acostó conmigo.

Quedamos un momento en silencio, intranquilas, porque la compañera de la izquierda se había vuelto, y los muelles de la cama sonaron bruscamente.

Nos abrazamos embriagadas en el perfume de nuestros cuerpos, y el fuego interior que nos abrasaba degeneró en un espasmo voluptuoso.

—Dime que me quieres —me decía Leonor, exaltada.

—Sí, mucho, mucho —le contestaba. —Y sus labios ardientes, como una llama., me quemaban al resbalar en una lluvia de besos. Mis miembros se estiraban en suprema convulsión. Perdí las fuerzas... me sentía morir...

¡Oh, qué momento de orgullo y locura!

Nos separamos avergonzadas. El reloj de la iglesia tocaba las cuatro; cerré los ojos; me parecía oír el suspiro de una dulcísima melodía, como si algo invisible me atrajese con suavidad maravillosa.

LAS LESBIANAS, ¿SON MUJERES COMO LAS DEMAS?

REGINA BAYO FALCON

VI

—Leonor tenía un temperamento muy vehemente y me quería con amor salvaje.

Pasábamos el día deseando con ansia la noche para escapar al jardín, donde podíamos dar rienda suelta a nuestras confidencias, sin temor a ser oídas.

Times, acostumbrado a nuestros paseos, nos esperaba y nos acompañaba; la noche que no lo hacía, era señal de que debía abrirse la puertecilla misteriosa; entonces, cautelosamente, íbamos a sentarnos en el cenador, punto estratégico de nuestras observaciones, que, satisfecha nuestra curiosidad, volvíamos al dormitorio y nos acostábamos juntas.

.Una noche, estando formando fila de dos en dos como de costumbre para retirarnos a dormir, separaron a Leonor de mi lado, cambiándola de dormitorio.

Mucho me sorprendió, aunque era cosa que debíamos esperarla, pues abusábamos demasiado, confiadas en nuestra suerte, y alguna vez teníamos que ser descubiertas. Por mi parte, no sé si lo sentí o me alegré: sólo me preocupó en aquel momento, por quién, cómo, y en qué habíamos sido sorprendidas.

Esa noche la pasé desvelada por completo, y en mi desvelo analizaba la nueva fase de mi vida, comenzada a la entrada de Leonor. Cuantos más esfuerzos hacía para substraerme a la fascinación de su recuerdo, más este me dominaba.

Desde aquel día estuvimos muy vigiladas, y ni a las horas de recreo podíamos hablar a solas. Leonor manifestaba su disgusto en todo momento; se volvió irascible y desobediente. Yo, pasados los primeros días de separación forzosa, quedé indiferente a todo, casi insensible, desorientada.

Así transcurrió algún tiempo, hasta que cierta mañana, inesperadamente, se presentó en el colegio la madre de Leonor, y se la llevó.

Su marcha fue un bien para mí, porque poco a poco me normalicé, reaccionando con la amistad de sor Angélica; me trataba con más cariño y solicitud que antes, volviendo a ser mi confidente.

A su instancia le conté lo sucedido con

Leonor; me dijo que todo se lo había sospechado, y que nada le extrañaba, porque no era la primera vez que ocurría, antes al contrario, eran casos muy frecuentes en el colegio. También le conté nuestros paseos por el parque y nuestros descubrimientos.

Por cartas, que a menudo recibía de Leonor, supe que se la llevaron para casarla con un primo suyo. Al principio decía que no le quería; pero después, como era joven, guapo y rico, llegó a interesarle bastante. Me contaba detalladamente todos los preparativos para su boda, proyectos de viaje y sueños felices. Yo me alegraba mucho de su felicidad, y al mismo tiempo me ponía triste al pensar que a mí quizá no me sería dable realizar ninguno de mis sueños.

Le comunicaba a sor Angélica mis ideas, y como esta ya me consideraba una mujer, y sabía que estaba enterada de las cosas que ocurrían en el convento, me trataba como amiga, y me hablaba del mundo, con un conocimiento tan exacto, que hoy, después de haber comprobado cuanto ella me dijo, comprendo el talento y la bondad de aquella mujer, cuyo espíritu superior se reflejaba en la simpática expresión de su rostro.

Aun me parece ver su figura bajita y delgada, perdida entre los anchos pliegues del hábito monacal, moverse nerviosa de un lado a otro de aquel para mí, memorable dormitorio. Era de esas criaturas que sin ser bonitas, lo parecen a poco que se las trate.

¡Sor Angélica sí que puede contar cosas interesantes!

Muchas veces me acuerdo de ella, y daría cualquier cosa por encontrarla o por saber su paradero; pues desde que salí del colegio, es decir, desde antes de salir, no he vuelto a tener noticias suyas.

La mandaron a otro convento, y por más que ella prometió escribirme, y seguro que lo hizo, sus cartas no llegaron a mí.

Al faltar sor Angélica; la vida en el colegio se me hizo tan insoportable, que si no da la casualidad de que mi madre se decidió a llevarme consigo, hubiera cometido un disparate...

Mi interlocutora hizo una pausa.

Fuera, y cerca de nuestra ventanilla, hablaban quedo. Oíamos ese silabeo de palabras no bien percibidas, que intriga el ánimo y pica la curiosidad.

Mi compañera se levantó, y permaneció largo rato mirando por la ventanilla.

El cuchicheo continuaba. La noche estaba a propósito para secretos. Aunque había luna, el cielo, muy nublado, no la dejaba lucir, y parecía empeño decidido de las nubes el ocultar su llena faz.

—¿Está usted obstinada en hacer un nuevo descubrimiento? —le dije al fin.

—Me interesa esa charla, y quisiera saber quiénes son —contestó—.Venga usted a ver si tiene mejor vista que yo.

La obedecí, y después de observar unos instantes, le dije:

—Un hombre y una mujer son, sin duda, pero no los distingo.

—Ahí está mi interés, pues creo que es una de esas honestísimas señoras que tanto se han escandalizado con mi presencia.

—Nada me extrañaría.

Al rato, pasaron por delante de nuestro camarote, y aunque tampoco pudimos distinguirlas bien, las pocas palabras que oímos, nos hicieron confirmar nuestra sospecha y, al alejarse la pareja misteriosa, le dije a mi compañera en tono malicioso:

—Debe usted de comprender que con el entibiamiento de la estación, la nueva fragancia invade hasta los rincones más ocultos... y produce...

—Sí, es verdad, la renovación que hace contemporizar con las propios instintos —concluyó ella en el mismo tono.

—De manera que... ¿no supo usted más de sor Angélica? —le interrogué volviendo a mi litera.

—No, y ya le digo cuánto lo hubiera deseado.

Supongo que dejaría las hábitos, porque, segun me contó, sufría mucho con la lucha hipócrita que sostienen las monjas entre sí, y de la que era víctima por no saberla seguir; además, era contraria a las ceremonias religiosas; decía que Dios es el Universo, y que es inútil rezar pues este solo atiende a la inmutabilidad de sus leyes.

—Es extraño que fuera monja, pensando de ese modo.

—Conociendo su historia, se comprende. Figúrase una historia de lágrimas, en que, después de una vida azarosa con su familia, se quedó sola, y su espíritu meditativo, cansado del mundo, creyó encontrar tranquilidad en un convento, sin pensar que se encerraba en un mundo más pequeño y mezquino de aquel de que huía, y que para un alma grande el único templo es el espacio infinito.

—Es verdad; ¡cuántas pobres estarán en el mismo caso!

—¡Tantas...!; pero algunas se amoldan al ambiente; rezan como decía sor Angélica, o por excusar su impotencia, o por vicio de pedir, o para probar un complacimiento estético de sus palabras, y, como concluyen por no pensar, no sufren.

La verdad que el rezo, en cualquier forma, es una humillación que no puede serle grata a Dios, si somos hechura de Él.

—Ni creo que pueda oir nuestra palabra siendo esencia inmaterial. Además, yo no puedo creer en Dios, si he de creer en su Paraíso y en su Infierno, porque el Paraíso y el Infierno están en mí, como el día y la noche están en la Tierra.

—Habría mucho que discutir, y nunca saldríamos del terreno de las suposiciones.

—Dejaremos, entonces, que descifren otros el dogma, y continuaré mi narración, si le parece.

VII

—Al volver a casa de mi madre tuve una impresión casi dolorosa: durante el tiempo que pasé sin verla, había envejecido mucho; la cabeza le blanqueaba, su cara estaba muy demacrada y solo conservaba la fascinación de su mirada.

Vivía en una bonita villa de su propiedad, próxima a un pueblecito que distaba poco más de una hora de Madrid. El tren pasaba cerca de la casa.

Ferrario, que parecía haber sentado la cabeza dedicándose al trabajo, marchaba todas las mañanas a la corte para atender sus negocios, y regresaba de noche.

Tanto como había deseado salir del colegio, una vez en mi casa hubiera querido volver a él. Los amores de mi madre me indignaban sin poderlo remediar; no sé, si por el recuerdo de mi padre, que insistentemente acudía a mi imaginación en presencia de Ferrario, o por un injustificable egoísmo; sea cual fuere la causa, yo siempre estaba disgustada. Mi único desahogo era escribir a Leonor, que ya se encontraba en Madrid de regreso, y mi única alegría recibir sus cartas.

Cuando desde mi ventana veía pasar el tren, sentía un ímpetu loco de volar tras él, una irresistible atracción de ir más allá. Era el sentimiento que siempre me ha dominado, de correr, correr sin descanso, sin esperar a conocer el país que piso, ni la gente con la que convivo. Sólo así, con rapidez y superficialidad; sin dar tiempo a ilusionarse, se consigue evitar desengaños. No tener nunca que deplorar algo sucedido, ni motivos de malos recuerdos, y poderse acordar de todo con indiferencia no deja de ser una dicha.

Por eso, con envidia, seguía al tren con la vista hasta que se perdía, ya entre la niebla, ya entre nubes de polvo, o ya bajo la lluvia. Conforme se desvanecían, ondeados por el viento, los enormes penachos de humo que de jaba tras sí, me invadía un desaliento que sólo la vista del paisaje campestre podía reanimar, porque siempre produjo en mí un extraordinario hechizo la contemplación de la Naturaleza.

La lluvia pertinaz de los días plomizos de

invierno, formó en torno de nuestra casa un pantano, y Ferrario estuvo una semana sin ir a Madrid.

Este se daba perfecta cuenta de mi antipatía hacia él, y hacia todo lo posible, llenándome de atenciones, para vencer mi repugnancia.

Entonces comprendí que yo no odiaba en él al hombre, odiaba al amante de mi madre, y con tal fuerza que concebí la perversa idea de enamorarlo para hacerles sufrir, gozando con la esperanza de poder vengar la muerte de mi padre.

Era cosa más fácil de lo que sospeché; probablemente ya le interesaba de antemano, y bastó mostrarme amable, para que extremara sus manifestaciones de cariño, al punto, de que mi madre se apercibiera y tuviera con ella un disgusto diario.

Yo, hipócritamente, me complacía extendiendo las redes de mi maligna coquetería. Ferrario cayó en ellas de tal modo, que concluyó por manifestar, abiertamente, a mi madre, sus deseos de casarse conmigo: Esta, a quien la duda volvía una fiera, la realidad dejola muda y sin valor para rebelarse.

Mi triunfo fue completo; Ferrario se convirtió mi esclavo, y mi madre en una sombra que día a día se hacía más transparente.

Pasó así algún tiempo, en el que yo parecía ser el implacable verdugo de dos miserables condenados.

Ferrario redoblaba su energía en el trabajo como si quisiera ganar el tiempo perdido en su vida de calavera; pero la suerte no quería ayudarle, y cuanto más trabajaba, más dinero perdía. Especulación que emprendiese, la misma que erraba. Por último, algunas discusiones que Ferrario tuvo con mi madre, me hicieron comprender que los negocios de él, navegaban por malas aguas.

Una vez volvió Ferrario de Madrid muy nervioso; no quiso comer, y se encerró con mi madre en su escritorio.

Yo oí gemidos, reproches, gritos sofocados...

Al rato salieron; él regresó a Madrid, y mi madre quedó llorando.

Aquella escena me hizo presentir algo lúgubre, y toda la noche la pasé intranquila, sin poder dormir.

Ferrario volvió al dia siguiente, y entonces pude enterarme de que, a causa de un mal negocio, su quiebra era inminente, y de que mi madre estaba decidida a venderlo todo para salvarle.

Supuse las privaciones a que tendríamos que sujetarnos, y el porvenir me hizo temblar.

Ferrario se oponía a que mi madre se arruinara, alegando que por mí no podía consentirlo; pero ella contestó que yo nada tenía, puesto que mi padre nada había dejado, que todo era de ella, y que si lo gastaba en salvar el nombre de Ferrario, y este se casaba con su hija, ningun reproche podrían hacerle por ello. Ferrario no replicó, y mi madre procedió resueltamente.

Inútil fue el sacrificio. Sus bienes no alcanzaron a cubrir todas las deudas y los acreedores· no quedaron satisfechos.

Cuando Ferrario se enteró, quedó como un idiota. Mi madre trataba de animarlo infundiéndole un valor que ella misma no tenía.

Yo habia olvidado todos mis rencores, y aquella casa, antes tan antipática, aquel ambiente, antes tan odioso, empezaban a serme queridos al ver cerca la separación. Todo me daba pena, me sentía sin fuerzas, y me entregaba en brazos de una sentimental cobardía.

Pero la escena del drama que representábamos, no estaba terminada, y para completarla, Ferrario se pegó un tiro. Habla ido a Madrid a buscarnos alojamiento, porque teníamos que entregar la casa a sus compradores, y después de dos días de espera supimos la noticia de su muerte, que nos produjo el efecto de un rayo caído a nuestros pies.

Yo, cuando reaccioné, no pude menos de exclamar en mi interior:

—¡Supremo cobarde, egoísta! Por qué no lo hiciste antes de arruinarnos. Mi madre desde ese día no volvió en su juicio. Fue un golpe mortal, superior a sus fuerzas.

En un día frío, en que caía una lluvia insistente y monótona, y el campo parecía cubierto por tenebroso velo, emprendíamos nuestro viaje a Madrid después de despojarnos de cuanto teníamos. Tomamos asiento en un coche de segunda clase. Fuimos solas todo el trayecto mi madre envuelta en su abrigo y recostada y yo mirando sin ver por la ventanilla, preocupandome de lo que haría a nuestra llegada a Madrid.

Como lo había pensado, fui a casa de mi tía; se negó a recibirnos, y nos fuimos a un hotel.

Al día siguiente, muy temprano me lancé a la calle en busca de un alojamiento económico. Tras de correr mucho encontré una habitación en la calle de Echegaray, y nos trasladamos a ella. Mi orgullo se sublevaba, pero tenía poco dinero, y mi madre estaba muy mala.

Llamé a un médico, y me aconsejó ponerla en un sanatorio o en un hospital. Para lo primero, no tenía recursos; para lo segundo no tenía valor.

De nuevo se me ocurrió volver a casa de mi tía, pues siendo el enojo de esta con mi madre, pense que a mí, tal vez, no me negaría algún socorro. Pronto se desvaneció mi esperanza. Ni lágrimas ni suplicas pidieron conmover su corazon egoísta de mujer feliz.

Salí de allí entregada a la amargura de una vida llena de miserias.

—El recuerdo de mi infancia y de mi padre me entristecía más; su figura se me aparecía como la vi la última vez, con la cabeza vendada y sus palabras resonaban en mis oídos.

—Te dejo en malas manos, tu madre no te quiere.

Continuaba andando, sin saber qué hacer, pensaba ir a casa de Leonor; pero la vergüenza y el miedo de sufrir un desengaño, me detenía. Después de mucho vacilar, y no viendo otro remedio, me decidí.

Poco más tarde me encontraba a su lado contándole mis penas. Ella me escuchaba sorprendida, reprochándome por no haber ido enseguida a verla.

Recordamos las noches pasadas en el colegio, me hizo varias confidencias y me entretuvo, hablando de muchas cosas, mientras venía su marido y consultaba con él la manera de salvar mi situación.

Cuando llegó dispusieron lo necesario para que mi madre fuera inmediatamente trasladada a una casa de salud. En cuanto a mí, Leonor quiso que me quedara con ellos.

VIII

Repentinamente, desde la miseria me encontraba elevada a la vida opulenta de un palacio lujoso.

Luis, el marido de Leonor, era muy atento conmigo, y se preocupaba demasiado de que a mi madre se le hiciera cuanto fuera necesario para salvarla.

Leonor se desvivía en satisfacer hasta mi más pequeño deseo, y pronto hizo volver los ratos aquellos de lujuria desenfrenada.

Todas las mañanas nos bañábamos juntas en una gran pila de mármol rosa, y el agua caliente y perfumada nos daba tal vértigo, que procedimos como bestias, sin tener conciencia del tiempo que duraba nuestra locura. Casi siempre volvíamos a la realidad, al avisarnos la doncella que Luis esperaba para almorzar.

Durante el almuerzo decidíamos nuestros paseos y diversiones del día.

En sociedad nos admiraban, y un ejército de pretendientes nos perseguía, asediando nuestra virtud.

Me encontraba precisamente en el mundo que Leonor me hizo sonar en el colegio.

Todo el atractivo de la vida brillante que me envolvía, lanzándome con exagerada ilusión en busca de todos los placeres imaginables. Asistía a las corridas, al tiro, al campo, a la caza, a cualquier parte donde pudiera encontrar una sensación nueva para mi sed de vivir, donde creyera dar una nueva faz a mi exaltación morbosa de *demi-vierge*.

Algunas veces visitaba a mi madre. La pobre no volvía a su razón; todo era inútil.

El corto rato que estaba a su lado me resultaba muy amargo, porque, al contemplarla en aquel estado, no podía evitar que por mi imaginación cruzara su vida pasada, haciendo con sideraciones sobre la mía. Y aquel lugar me producía tan desagradable impresión, que siempre salía tragando lagrimas; subía precipitadamente al carruaje, y tratando de distraerme, miraba a los transeúntes que iban y venían como atacados de una fiebre de movimiento.

Las calles, rápidas, se sucedían, y al llegar a casa, encontraba a Leonor esperándome impaciente. Ella sabía que el día que iba aver a mi madre me poseía el yo   sentimental; que estaba triste, harta y asqueada de todo.

Por largo rato, dos sentimientos opuestos luchaban en mí. Ambos a su vez me atraían y me rechazaban, hasta que, envuelta por un torbellino de gratas sensaciones y abrasada por el fuego de Leonor, mi yo de lujuria vencía siempre y un deseo desenfrenado de hacer toda clase de locuras me dominaba.

Leonor sonreía feliz al verme otra vez gozando la depravación que filtraba en mi sangre, envenenándola.

Aquella vida me devoraba. Nade era bastante a satisfacerme, porque en todo aquello encontraba un vacío en algo que no sabía explicarme.

Pasado algún tiempo me di cuenta de que Luis me cortejaba de manera muy discreta, y de que sus miradas producían en mí una sensación de bienestar y simpatía. En sus grandes ojos de arabesca raza, adivinábanse los ardores de la pasión, tenaz en su calor, como el sol africano, y de savia pujante como plantas meridionales.

Yo preveía que no sabría resistirle, y me preguntaba con insistencia si no sentiría remordimientos al quitarle a mi amiga el amor de su marido.

El tiempo pasaba, y continuaban sin interrupción los ratos de locura con Leonor. Cada vez, después de nuestras orgías, era mayor mi desencanto, mi cansancio de aquella novela vivida, donde se destacaba mi imagen más impura de lo que era, y más culpable que desgraciada.

El día de mi santo, Leonor quiso celebrarlo con un baile dado en su casa, y yo quise romper la alegría con una nota triste, yendo al cementerio a visitar la tumba de mi padre y esparcirle flores. Allí estuve largo rato gozando de una tranquilidad de espíritu, ya hacía mucho tiempo no sentida. Al regreso visité a mi mare; seguía peor, y, como siempre, abandoné aquel lugar con el corazón oprimido.

Al llegar a casa, sintiendo angustia y necesidad de llorar, me encerré en mi habita-ción, de donde me sacó Leonor disgustada por verme llorando.

Comimos más temprano que de costumbre, y durante la comida me entregaron los obsequios que habían enviado para mí. Leonor, dándome bromas, tratando de alegrarme, me puso un magnífico collar de perlas, regalo suyo, y una sortija con brillantes, regalo de Luis.

Daba los ultimas retoques a mi tocado, cuando me hicieron estremecer los primeros compases de música al pensar en un vals voluptuoso; pero una idea loca que cruzó por mi imaginación, hizo que nuevamente el deseo de llorar se apoderara de mí. Quería dominarme; no podía, y las lágrimas descendían una tras otra con molesta insistencia. Hacía mucho tiempo que no lloraba, y terminé por dar rienda suelta a mi sentimentalismo.

Ya tranquila, me seque los ojos con rabia, arrepentida de mi debilidad; arreglé el ramo de violetas que llevaba en el escote, y me dispuse a entrar en el salón. Al salir de mi gabinete, tropecé con Leonor, que venla en mi busca. Estaba más hermosa y radiante que otros días; sobre sus cabellos lucía una diadema con brillantes que oscilaban como gotas enormes de rocío; sus ojos tenían una languidez de placer.

Me besó y me dijo: '·

—Yo creía que ya estabas bailando; ¿qué hacías?

—Nada.

—¿De veras?

—Sí.

—Pero ¿has vuelto a llorar?

Los ojos colorados me traicionaban, y tuve que confesar.

—Sí, he llorado.

—¿Por qué?

—No lo sé.

Me lavó los ojos, me empolvó la cara, y me llevó a la sala donde el baile había empezado. Los invitados me saludaban sonríentes, y me llenaban de felicitaciones y galanterías. Un enjambre de adoradores me hicieron círculo, y al no ver a Luis entre ellos, no pude reprimir un gesto de desagrado.

La música atacaba mis nervios, y los petimetres, asediándome para comprometerme los números de baile, me sofocaban. Necesitaba respirar, y cuando pude desasirme de ellos, me retiré a la sala más apartada, abrí un balcón, y aspiré con ansiedad el aire húmedo de la noche.

Estaba sola, distraída, contemplando las estrellas, cuando sentí que unos labios se posaban en mi nuca; un escalofrío corrió por mis espaldas desnudas, y me volví bruscamente:

—¡Ah!, !Es usted! —exclamé al reconocer a Luis.

Las convenciones le obligan a una a ser una hipócrita y tuve que manifestarle un gran resentimiento por el beso que me habia dado, y condenar enérgicamente su audacia. Él se disculpó cortésmente, y yo insistí, más amable, amenazándole con contárselo a Leonor si repetía su atrevimiento.

—Permítame que le arregle las flores del escote que se le van a caer —me dijo inclinando se para acomodarlas, y me besó en el pecho con suavidad.

—¡Esto es aprovecharse demasiado! -exclamé—. Mire que se lo cuen...

No pude terminar la frase; nuestros labios se encontraron... Fue el primer beso de un hombre.

Alguien pasó por aquella habitación, y Luis, disimulando, me cogió del brazo y me llevó a la sala más concurrida. Leonor paseaba con un viejo banquero que me pretendía tenazmente; me sonrió, y yo le hice un gesto amistoso de saludo.

El grupo de petimetres se aproximó con

75

las mismas galanterías y bromas de siempre. Correspondí a todas las tonterías con sonrisas y miradas significativas, como quien da gran importancia maliciosa a lo que oye.

Seguí paseando, cogida del brazo de Luis, sin poder hablar porque a cada momento nos interrumpían.

—Permítame señorita, vuestro carnet, si no le desagrada —era un teniente de caballería, que sufría la obsesión de la aristocracia, de las grandezas, y se derretía por ser amable con todo el mundo, especialmente con las señoras a las que había concluido por parecerse en porte y modales; hizo su anotación, y me lo devolvió, inclinándose exageradamente.

En seguida otro caballero hizo lo mismo, luego otro. Por fin, un vals sonó con un ritmo fascinador y cada cual fue en busca de su pareja, dejándonos tranquilos por un momento.

Nos fuimos a bailar a la sala que estaba menos concurrida. Yo sentía un vértigo, mis pies se movían nerviosamente, y al contacto del pecho de Luis contra el mío, me transportaba en una embriaguez de placer.

Luis murmuró al oido:

—Hace mucho tiempo que te amo.

—Yo también —le contesté inconsciente.

—No me habia apercibido.

—¿Posible?

—Por eso no me atrevía a decirte nada.

La música dejó de tocar, y yo sentí una sensación brusca. Luis me dijo:

—Es necesario disimular. —Y me acompañó a sentarme.

A poco, el banquero que estaba con Leonor me ofreció el brazo. Dimos unas vueltas por las salas; señoras y señoritas nos miraban sonrientes. Yo me fijaba con insistencia en los escotes, y aquellas desnudeces marmóreas me tentaban extraordinariamente.

Con el viejo banquero teníamos siempre el mismo dialogo:

—¡Ah! Emilia, ¡si usted quisiera...!

—¿Qué?

—Hacerme feliz.

—¿A usted?

Y me reía descaradamente. No se daba por entendido y continuaba:

—Y ¿por qué no? ¿Qué podría faltarle? Tendría usted cuanto quisiera, coches, trajes, alhajas... Tengo un nido que parece un paraíso...

—¿Con serpiente y todo?

—¡Ah!, Emilia, qué felices podríamos ser...

—Pero dónde, ¿en el paraíso?

—No se burle usted, no sea mala.

—No, es que no lo he entendido bien.

Y volvía a repetirlo con su gruesa voz de bajo profundo. Yo ponía fin al dialogo diciéndole:

—Bueno, está bien, no se canse más: le prometo que el día que no sepa dónde ir, iré a su casa.

Sabía que me consideraban como la amante de Leonor, y no me forjaba grandes ilusiones. Presumía lo que, en un porvenir más o menos lejano, podría sucederme, aunque Entonces vivía confiada, sin preocuparme mayormente del mañana.

Cuando el viejo me dejó, seguí bailando por turno cumpliendo con los compromisos, y escuchando las frases ya conocidas, antes de pronunciadas.

Esa noche estaba nerviosa y displicente, lo comprendían, y, al preguntarme la causa, contestaba que no me sentía bien. Realmente era vierto. El pensamiento de lo ocurrido con Luis, me asediaba tenaz, haciéndome estar mal. Mis miembros, cansados por la vehemencia del baile, languidecían, y mi pecho, sobresaltado, se agitaba febrilmente.

A la hora de cenar, adelantose Luis y me ofreció el brazo para ir al comedor, los invitados nos siguieron en parejas. El sitio preeminente de la mesa estaba reservado para mí y ahí me dejó Luis con fina galantería. A mi izquierda tomó asiento el banquero, y a mi derecha, el teniente almibarado. Comprendí que aquel reparto de sitios era broma de Leonor y la busqué con la mirada para darle a entender que comprendía su mala intención, pues ella sabía que de mis pretendientes me eran los más antipáticos.

Durante la cena fui asaeteada por el teniente con las más vulgares tonterías sociales, y cansada con su abrumadora manía de elogios y pormenores. El banquero, se contentaba con recordarme de vez en cuando lo del paraíso.

Luis me miraba, y parecía decirme que tuviese paciencia. Terminada la cena volvimos al salón...

Cuando se retiraban los invitados, el alba, a traves de las vidrieras, filtraba su luz inerte e indefinida...

Me acosté sin sueño, pensando en que amaba a Luis seriamente. De súbito, me estremecí asustada; la puerta de mi cuarto se abría despacio, azorada no atinaba con el botón de la luz eléctrica; por fin pude encender y vi a Luis entre las pesadas cortinas.

—¡Que susto me has dado! —exclamé.

En la calle, los rumores se iban acentuando, los tranvías se sucedían con más frecuencia, los vendedores pregonaban sus mercancías a voz desplegada, y Luis hubo de abandonar mi habitación.

Quedé pensando en el nuevo periodo de, mi vida que acababa de empezar, y tuve un ímpetu de lágrimas.

Desde ese día, Luis no me abandonaba, me perseguía con su cariño, y yo le retribuía con loca pasión.

Leonor no se apercibía de nada, pasaba por un periodo de frialdad sensual, pero usaba conmigo las mismas atenciones de siempre.

Para mí, aquellos eran días de verdadera felicidad, porque el amor de Luis me llenaba el alma. Aquel era otro placer, menos intenso tal vez, pero más completo.

Seguía visitando a mi madre, que empeo-
raba rápidamente, y los médicos decían que
duraría poco.

La veía consumirse dia a día, y ante la
impotencia de poder hacer algo por ella, sentía
compasión, cariño, algo nuevo; mis sentimientos
habían cambiado favorablemente sin explicarme
la causa.

Luis se fue a Barcelona, por unos días, y
yo quede contando las horas y los minutos hasta
su regreso.

La indiferencia de Leonor continuaba.
Muchas tardes salía ella sola, yo quedaba en mi
habitación leyendo las novedades que me man-
aba el librero, o en la sala tocando el piano; mis
favoritas eran la cabalgata de La *Walkyria*, una
rapsodia de Liszt, un nocturno y una polonesa
de Chopin.

Un día me encontraba yo muy triste cuando volvió Leonor; creyó que era por su culpa, y
cogiéndome la cabeza entre sus manos me besó
y en el tono más amable me dijo:

—Tonta, ¿crees que ya no te quiero? Mira,
para que veas que me acuerdo de ti, te traigo un
regalo.   .

—Gracias. Es magnífica —exclamé mientras ella me colocaba una sortija.

—La había encargado especialmente para ti.

—Gracias de nuevo —le dije abrazándola.

Quedamos en silencio. Luego acariciándome prosiguió:

—Yo no veo razón para que estés nunca de mal humor. Comprendo que tu madre está muy grave y que se espera muy pronto el fatal desenlace; pero, por lo mismo que es cosa sabida y no se puede evitar, hay que conformarse. Por lo demás no debes preocuparte, no te falta nada, eres querida por todos... ¡Calla!, que me han dicho que está el teniente de caballería enamorado perdidamente de ti.

—No me hagas reír, ese no es capaz de enamorarse más que de sí propio. ¡Es inofensivo!

—No lo creo. Es muy guapo y muy simpático.

—Sí, si no fuera tan meloso...

—¿Te gustaría?

—Puede ser, ¿te molestaría?

—Si me roba tu cariño, sí, sabes que soy

celosa; que tú gustes a los otros, me place, pero que los otros te gusten a ti, es otra cosa. Sé que no es sólo el teniente el que está enamorado de ti, hay varios, aunque ninguno tanto como el banquero, y no me importa.

—No hables de ese adefesio.

Volvimos a guardar silencio, y a poco le interrogué:

—¿Y Luis?

—Está en el círculo.

—Dime, ¿tú quieres mucho a tu marido?

—Mucho.

—Y, ¿eres celosa?

—También.

—¿Más que de mí?

—Tal vez.

—¿Y si una dama cualquiera te robara su amor?

—No sé lo que haría...

—¿Eres muy feroz?

—¡Quien sabe!

Seguimos hablando como buenas amigas, de cosas diferentes hasta la hora de comer.

En la mesa, Luis nos dijo que tenía un palco para el Real.

Abreviamos la sobremesa y nos fuimos a vestir juntas, al gabinete de Leonor, encerrándonos con llave.

La luz eléctrica iluminaba toda la habitación con una claridad viva. Los grandes espejos reflejaban aquel resplandor como ráfagas de sol.

—Desnúdate —me dijo Leonor, dándome el ejemplo.

Los vestidos le cayeron a los pies, y quedó envuelta en una onda de perfume, rígida, como una estatua sobre un pedestal de granito. Yo hice lo mismo, y una gran excitación se apoderó de nosotras. Nos abrazamos como dos luchadores del tiempo griego en la palestra, rodamos al suelo como fieras heridas, revolcándonos felinamente sobre la alfombra de Esmirna, y haciendo caer una mesita que contenía frascos de esencia y un vaso con flores. Todo se esparció por el suelo, y, temblando de risa, nos tirábamos las flores y la esencia encima. Después de un momento de tregua, vimos nuestros cuerpos reflejarse en los espejos, y con mayor furia nos precipitamos la una en los brazos de la otra. Los ojos nos relampagueaban. Los cabellos sueltos en la lucha lujuriosa, nos envolvían; los senos erectos daban esa sensación de saciedad, como si quisieran derramar el néctar que no poseían, y en frenética con vulsión, las bocas buscaron ávidamente el fruto del placer.

La camarera llamó a la puerta y nos miraos avergonzadas, rendidas, abatidas, sin valor ni aliento para contestar. Apenas pude reaccionar, cogí mi ropa y hui para el cuarto de baño.

Me vestí sola, en un momento y vine al encuentro de Leonor.

Cuando llegamos al teatro ya habia empezado la función. Entramos en el palco tratando de hacer el menor ruido posible. Me despojé del abrigo, y me abandoné en la silla, sin mirar a ninguna parte. Al fuego anterior, había sucedido una languidez mortal.

No tenía ánimos para hablar y contestaba de mala gana a los que venían a saludarnos en los entreactos.

Esa noche Luis no fue a mi habitación y me alegré.

Al día siguiente me levanté nerviosa y con malos presentimientos. Me fui a ver a mi madre. Al entrar en su habitación encontré al médico, que en aquel momento daba órdenes para que me mandaran llamar. Sentí un estremecimiento de miedo; mi madre, yacía pálida, cadavérica... la llame y no me respondió.

Aquella habitación casi vacía, con sus paredes blancas, desnudas, la cama y toda la ropa blanquísima, me daba sensación de frío.

Presencié los últimos momentos de mi madre, sin poder llorar ni articular palabra, y cuando la vi rígida, salí huyendo coma loca.

Luis se ocupó de su entierro, y Leonor de mi luto.

Estuve unos días enferma. La muerte de mi madre me impresionó más de lo que esperaba.

IX

Andando el tiempo, aquella pasión de Luis que yo creía tenaz, eterna, fue desapareciendo; cada vez le encontraba más frío e insensible a mis caricias; Él, siempre fino, trataba inútilmente de ocultar su cambio.

Yo presentía el desenlace, y casi no me importaba.

Nunca he podido comprender ese sufrimiento por no ser correspondida; siempre he pensado que quien me desprecia no me merece, y me he quedado tan tranquila.

Leonor también venía estando indiferente. Un día la encontré muy disgustada, y al interesarme por conocer la causa, me contestó con evasivas no dando importancia a su mal humor; pero yo comprendí que algo sospechaba de mis relaciones con su marido.

No pude advertírselo en seguida a Luis para tomar precauciones, y así fue que esa misma noche, a poco de entrar él en mi habitación, cuando apenas le había manifestado mi sospecha, para que se retirara, se nos apareció Leonor en el marco de la puerta, levantando las cortinas violentamente y echando chispas por los ojos. Sin duda pensó sorprendernos en la cama; pero al ver a Luis de pie, vestido, debió desconcertarse, y quedó por un momento en suspenso, el que aprovechó Luis para escabullirse; entonces ella se dirigió a mí y me dijo en un tono que tenía algo de solemne:

—Será mejor que mañana te vayas a tu casa, porque...

—No hay para que esperar a mañana —le interrumpí—, no tengo inconveniente de que sea ahora mismo.

En seguida me vestí y me lancé a la calle.

Eran las dos de la madrugada, y por fortuna mía una tibia y espléndida noche de primavera.

Anduve aturdida y nerviosa. Ignoro las calles que recorrí, si me cruce con alguien, si llamé la atención, si me dijeron algo; sólo sé que al alborear me encontraba rendida y sentada en un banco del salón del Prado, poseída de mi yo filosófico pensando tranquilamente la mejor forma de salir de aquel apuro.

En mi precipitación por marchar, había salido de casa de Leonor con lo puesto, sin un céntimo, no pense en nada, y más valió así, porque tal vez hubiera dejado las sortijas y pendientes que llevaba, que en aquellos momentos fueron mi salvación.

Hecho mi proyecto, esperé a que Madrid acabara de despertar y las tiendas abrieran sus puertas para ir en busca de una casa de préstamos. Cuando a fuerza de andar, di con una, entre en ella como quien va a cometer un delito, y salí como perseguida, con trescientas pesetas que me dieron por la pignoración de mis pendientes.

Desde allí me fui a la calle de Echegaray a la casa donde estuve con mi madre. Casualmente la misma habitación que tuvimos estaba desalquilada, ya causa de haberla ocupado una artista, estaba reformada: le habían quitado una cama agregándole unos muebles con pretensiones de lujo, de gusto y limpieza discutible.

La tomé con pensión, por ciento veinte pesetas, y pagué dos meses adelantados.

La situación estaba salvada por el momento; pero lo difícil era resolver el problema de la vida.

Toda clase de proyectos cruzaron por mi imaginación, estrellándose unos en lo imposible, otros en el orgullo, y otros en el amor propio. Por último pensé dejarlo a la suerte, y cuando no quedara otro recurso cumpliría al banquero lo prometido casi en broma.

La dueña mi casa, era antigua cupletista retirada. Se llamaba. Antonia Pasos, y en las tablas se la conoció por La Pasito. No cabía duda, que tiempo atrás fue bonita, y aun sería bastante guapa, si, en su afán por parecer joven, no se mamarrachara tanto. Aunque de origen humilde y falta de instrucción, la vida libre y los años de contacto con hombres de mundo, le habían dado un simpático desparpajo, y no carecía de cierto talento natural.

Sus huéspedes por aquel entonces, eran un matrimonio italiano, que formaba parte de una compañía de opereta; un viajante en perfumería, un sacerdote y un estudiante.

Los primeros días todo me parecía muy mal: la comida la tragaba por la fuerza, y la comensalía con aquella gente me mortificaba. El cambio fue demasiado brusco para no extrañarlo; no obstante, pronto me familiaricé con aquel ambiente, resultándome simpático.

El único estable en la casa, era el estudiante, con quien llegué, en el trascurso en un mes, y sin saber cómo, a íntimas relaciones. Recuerdo que no hubieron ni galanteos por su parte, ni coqueterías y premeditaciones por la mía; fue una amistad que sin sentir se estrechaba espontánea y desinteresada.

Su familia vivía de escasas rentas en un pueblo de la provincia de Cuenca; y a fuerza de grandes sacrificios lo tenían en Madrid estudiando ingeniería.

Era joven, ni bajo ni alto, tal vez guapo, uno de esos aspectos vulgares en que nada se encuentra que llame la atención. En cambio, poseía un espíritu excepcional, noble, franco, sencillo, que se exteriorizaba, envolviéndolo en un fluido que causaba bienestar. De ahí que empezó por serme simpático; luego encontraba placer en su compañía, y concluí por cobrarle cariño e identificarme con él sin darme cuenta. Para mí él llegó a ser transparente: parecía que yo estaba dotada de una doble vista especial que me permitía ver su alma, y de una extraordinaria sensibilidad, por la que percibía hasta la más insignificante vibración de su pensamiento.

Opinábamos de igual modo, no podíamos comprender ese cariño que el egoísmo convierte en instrumento de tortura, y del cual se es o se hace víctima. Por eso nuestras protestas de amor no eran de querernos siempre, era de no engañarnos. Sabiendo que no siendo más que dos pobres viandantes, encontrados al acaso en el camino de la vida, lo único que debíamos hacer, era marchar juntos el trayecto que pudiéramos sin estorbarnos, sin hacernos daño.

Doña Pasito, como llamaban a la dueña de la casa, conocía mi situación, por mí misma, contada francamente apenas me familiaricé con ella. Me demostraba simpatía, y me ofrecía su ayuda casi maternal, siempre que quisiera seguir su consejo, haciéndome cupletista; en lo que, aseguraba, obtendría tanto éxito como ella, que, a juzgar por su relato, era a cuanto se podría aspirar.

Al darse cuenta de mi amistad con el estudiante manifestó gran contrariedad, porque según su filosofía, querer a un hombre sin dinero era cosa de tontas, para convencerme me hablaba de sus buenos tiempos, haciendo la historia de sus conquistas y de los millones que en ella se habían gastado sus amadores.

Quedó conforme cuando le aseguré que mis relaciones no tenían importancia, ya que no existía compromiso alguno, estando decidida i ser cupletista, si servía para ello; y a seguir en un todo sus consejos.

Convenimos en que para ponerlos en práctica habia que esperar, porque las personas con quienes ella contaba para el caso, no estaban en Madrid y no volverían hasta el otoño.

X

Entre los huéspedes que de continuo se sucedían en casa de doña Pasito tuve ocasión, guiada por mi espíritu observador de estudiar la vida y de formar criterio propio acerca de las causas, que por regla general conducen al camino de la perdición.

De los dramas que allí conocí, hay uno que no quiero dejar de contarle por el papel que en él desempeñé.

Ya han dicho que la vida es un espectáculo interesante, y en verdad que lo es para el que pueda concretarse a ser meramente espectador.

Un dia, atraída por un anuncio que doña Pasito había puesto en El lmparcial, ofreciendo en alquiler habitaciones amuebladas, llegó a verlas una joven, en cuya cara demacrada se retrataba la desesperación. Después de larga conferencia con doña Pasito, se quedó en la casa.

No sé si por simpatía personal de ella, o por la que inspira el dolor ajeno, Elisa, que así se llamaba, me interesó tanto, que me declaré su protectora.

Verdaderamente, todos nos sentiríamos contentos con nuestra suerte, si nos fijásemos que aun en la peor condición, podemos permitirnos el lujo de ayudar a nuestros semejantes. Parecía una paradoja que yo, que necesitaba ser protegida., pudiera decir a Elisa, después de escuchar sus cuitas:

—No se aflija; yo salvaré su situación; confié usted en mí.

¿La historia de Elisa? La eterna historia de todas o casi todas que ruedan hasta el fondo del abismo. Una víctima más de esa educación que se complace en hacer de la mujer, inocente e ignorante de todo, un juguete para mayor gloria del estúpido «Don Juan», y de esa sociedad que nada y todo lo exige. Otra víctima más de ese cariño efectista, regulado par los prejuicios so dales, prejuicios inhumanos a quienes tantas víctimas se inmolan. ¿Cuándo necesitamos más del cariño de las nuestros que en los trances difíciles? ¿Por qué no aceptan como somos? ¿Por qué ese afán de reformar a su capricho y amoldar a las convenciones nuestro carácter, anulando nuestra personalidad e imponiéndonos el agradecimiento y la esclavitud...?

Elisa vivía con sus padres y dos hermanas menores en un pueblo cercano a Madrid. Un individuo la sedujo, para abandonarla después, dejándola encinta.

Cuando en su casa se percataron de su estado, su padre, moralista intransigente, quiso matar al seductor, y como no consiguiera saber quién había sido, porque la muchacha se encerró en el más completo mutismo, la echaron a la calle, ni más ni menos que como se echa a una criada que ha salido sucia o respondona.

Era· natural; la cosa no podía ser de otro modo; el pueblo se enteraría de la deshonra de aquella casa, y esta sólo debía de recaer sobre la culpable.

El instinto de la madre tal vez se rebeló cuando le entregó a Elisa, a escondidas del padre, los pocos ahorros que ella tenía, aconsejándola que se fuera a Madrid. ¿Y luego? ¡Que se las arreglara como pudiera! ¡A ellos les quedada la conciencia tranquila! ¡Ella tenía la culpa! ¡La moral ante todo!

Yo le había ofrecido salvarla, pero... ¿cómo? ¡El decirlo era fácil...!

Pasé unos días olvidada de mí, cavilando

la forma de cumplir mi promesa. Consulté con doña Pasito, y esta, consecuente con su manía, no veía otro camino de salvación que el teatro.

Una noche, sola en mi habitación, pensando en Elisa me decía: la mejor solución para ella sería que sus padres la recogieran; pero, ¿cómo convencer a que perdonen esas gentes, para quienes la honra es antes que todo...! Y no obstante, ¡con qué facilidad se recuperaría lo perdido! Casándose... ¿Con quién...? ¡Pero qué ridículo es todo! Y dábale mil vueltas al problema, sin sospechar que nada más obvio, y que todo dependía de mí. Apariencias, mentiras, farsas, ¿no son armas que sin rubor se pueden esgrimir contra las convenciones? Pues he ahí mi base.

Y seguí formando mi proyecto con la intención de no comunicarlo a nadie hasta el último momento.

Sin duda, por la gran confianza que he tenido en mí, casi siempre he salido bien de mis empresas.

Los domingos y jueves, días de entrada en los hospitales, los dediqué a visitar enfermos. Cuando encontré a un joven, cuyas señas personales coincidían con las mías, tuberculoso en último grado, dediqueme por entero a su consuelo. Le llevaba bizcochos y cigarrillos, y como no tenía quien más le visitara, nos hicimos grandes amigos.

Demás está le diga la impresión que recibía en el hospital, pues sabida es la tristeza que esos establecimientos infunden, aun en los más templados espíritus; son reinos del dolor, y dolor se siente en ellos.

Poco tiempo después, tenía yo todos los documentos y ropa necesaria para hacerme pasar por Manuel Bruno. Llamé entonces a mi habitación a doña Pasito y al estudiante, y les comuniqué mi proyecto y lo que de él llevaba hecho. Les pareció un disparate, y cuando logré convencerlos de que no era tal, y sí una obra humanitaria, se negaron a ser los padrinos; pero tras de mucho hablarles, como ambos tensan buenos sentimientos, cedieron...

La boda se celebraría con un breve y en la más penumbra posible, a pretexto de que Elisa estaba ya en el octavo mes de gestación.

Los testigos serían cualesquiera comprometidos a última hora con el fin de que sólo me vieran esa noche, y así el secreto entre los cuatro, por conveniencia propia, era fácil de guardar.

Llamamos a Elisa para contarle nuestro plan. La pobre escuchó como una idiota, sin entender, y tuve que emplear toda mi elocuencia para que comprendiera el fin que me proponía. Conforme se iba dando cuenta no sabía si llorar o reír, hasta que se abrazó a mi cuello sollozando.

Los padrinos se entusiasmaron poco a poco con su papel, y llegado el caso lo desempeñaron a las mil maravillas. Doña Pasito, la noche de la boda, cumplió como verdadera y rumbosa madrina. Lo único que le quedaba de artista era su generosidad.

Yo seguí visitando a Bruno en espera de su muerte para terminar la obra. Cada vez que iba al hospital, sufría ante las demostraciones de gratitud de aquel infeliz, que estaba lejos de sospechar que allí sólo me llevaba un interés, el de su muerte, la que indirectamente deseaba.

Esto me sugería muchas y amargas reflexiones que me hacían despreciar la vida.

Elisa entró en el último mes, y mientras

Bruno no se muriera no me parecía prudente hacerle escribir a su familia, porque nos exponíamos que en un arranque de cariño, con la vuelta del honor se nos presentara su padre en Madrid.

Todo esto era una contrariedad porque doña Pasito, a pesar de sus buenos deseos, no estaba la pobre mujer para más sacrificios, y yo menos; pero puestas en el manejo, no teníamos más remedio que seguir hasta el fin. Y así que al poco tiempo y con nuestra sola asistencia daba luz felizmente a una niña, que después bautizamos con los nombre de Emilia Antonia, siendo yo la madrina.

Con el trance de Elisa estuve una semana sin ir a ver a Bruno, y cuando lo hice me encontré con que hacía tres días que había muerto.

La noticia me produjo un algo de alegría y un mucho de arrepentimiento, y, al llegar a casa, con unas lágrimas lavé mi conciencia.

Se tropezaron con algunas dificultades para sacar la fe de defunción de Bruno como casado, pero mi estudiante se encargó de ello, y no sé cómo se arregló.

Ya las cosas en aquel estado, se dispuso

que Elisa escribiera a sus padres pidiéndoles perdón y enviándoles otra carta de su marido, que antes de morir escribió, recomendándoles a su hija, puesto que él no tenía padres, huérfana, apenas pisado el umbral de la vida. Naturalmente que la carta del marido la escribió el estudiante todo lo sentimental que pudo, y la carta de ella se la dicté yo.

Sucedió lo previsto: conforme recibió su padre la carta, le entró el ataque de cariño, y presto salió en busca de su hija. ¡Ya no podía la muchacha viajar sola! ¡Ya tenía honra! ¡Ya era un ser humano...!

Todo estaba tan bien arreglado que el buen señor no pudo sospechar el engaño, y así quedó convencido de que el novio que su hija tuvo a escondidas de él, y que en el pueblo señalaban como el autor de su deshonra, no le había engañado al jurarle que era inocente.

Y ya entonces la dignísima Elisa se volvió a su casa con su señor padre, que iba encantado con su preciosa nietecilla.

Y yo me quedé más convencida que nunca, del valor real de la honra.

La sirena del San Martin atronó el espacio, dándonos por lo inesperado del ruido.

—¡Estaremos ya en Montevideo! —exclamó Zezé.

—No puede ser —dije, levantándome para cerciorarme.

En el horizonte aparecían los primeros claros de la mañana, a cuya luz pude distinguir las rojas aguas del Plata, y como a los tres silbidos del San Martin contestaron otros tres, le dije a mi compañera:

—Es que nos cruzamos con otro vapor y se saludan.

—Sin embargo, creo que no tardaremos mucho en avistarnos con Montevideo.

—Pero tardaremos un buen rato en llegar; no hemos entrado aún en aguas orientales.

—Pues entonces tengo tiempo de acabarle de contar mi historia.

—Me interesa conocerla toda, y mucho agradezco su deferencia, pero siento que pase usted la noche sin dormir por mi culpa.

—No importa, no tengo sueño.

XI

—Cuando Elisa se fue, el otoño ya dejaba sentir sus noches desapacibles, y la animación, con el regreso de los veraneantes y la reapertura de los teatros, estaba en su apogeo. Doña Pasito me dijo que ya era hora de pensar en mi preparación para las tablas. Comprendí que al estudiante le desagradaba; pero como no había otro remedio, y respetaba mi libertad, no dijo nada. Y mi patrona y yo salimos en busca del agente, amigo suyo, por medio del cual esperaba lanzarme al teatro. Nos costó mucho trabajo encontrarle, pero al fin dimos con él.

Me lo presentó, y después de hacerme probar la voz, se convino en que yo estudiaría un repertorio para estar dispuesta a debutar en la primera ocasión.

Ya de regreso, y cerca de casa, me pareció ver al banquero en un carruaje. Se lo dije a doña Pasito, contándole los diálogos que con él tenía en casa de Leonor, y tal no hubiera hecho, porque le pareció de perlas que cumpliera mi promesa, y desde ese día tuve que aguantar el sermón diario que me endilgaba, esforzándose por convencerme de lo útil y necesario que era, pues para debutar necesitaba trajes, y para ellos dinero; y siempre concluía con aquella sentencia dicha por no sé quién, que «Si se cometen las acciones más villanas, más inmorales, y los crímenes más horripilantes, por tener dinero, prueba que lo peor de todo es no tenerlo».

Yo le contestaba que prefería aceptar lo que me propuso el agente: el facilitaría todo lo necesario mediante un contrato que yo le firmaría, por el cual me comprometía a trabajar cinco años donde él me mandara, durante los cuales sólo percibiría yo el cincuenta por ciento de mi sueldo. Doña Pasito decía que sólo debia firmar ese contrato cuando no hubiera otro recurso, pues era preferible cualquier cosa antes que echarse esa soga al cuello, y cinco años de esclavitud eran muy largos y pesados. Yo comprendía que no dejaba de tener razón, y sin embargo no estaba de acuerdo con ella: la idea de entregarme por dinero sublevaba mis sentimientos y me hada sentir una repugnancia instintiva, maxime en aquellos días, los únicos quizá de mi vida que gozaba mi alma con un cariño tranquilo, sin arrebatos de pasión. Sin estar enamorada del estudiante, era feliz a su lado; ya le he dicho lo bien que armonizaban nuestras ideas; además era tan instruido que sentía gran deleite en escuchar sus palabras, que siempre resonaban en mi interior con un sonido nuevo, algo no oído a nadie ni antes ni después.

Por mí pasó el verano en Madrid a pretexto para su familia de seguir estudiando. Y fue verdad, porque no fui un obstáculo para él, antes al contrario, un estímulo. Estudiaba casi todo el día, y a ratos yo le acompañaba. De noche nos íbamos a pasear por los sitios más solitarios. Si el calor era sofocante, pasábamos la noche por las calles, sin saber por qué, preferíamos ir por los barrios rojos. Esa parte de Madrid, con sus calles en cuesta, estrechas, húmedas, y casas altas de fachadas sucias, tiene un aspecto especial, todo suyo. Los cafés cantantes, allí, ofrecen un campo interminable a la observación. Alguna vez, llevada por mi curiosidad de saberlo todo, entrábamos en aquellos antros de corrupción, donde entre copas de manzanilla o de cerveza, los vicios y rencores, en sus múltiples manifestaciones, aparecen en toda su brutal crudeza, sin fuerza de voluntad que los restrinja ni careta de hipocresía que los oculte. La pesada atmósfera y el olor a carne sudosa, produce un vértigo salvaje, y entonces se oyen las palabras más soeces y los gritos más destemplados. El ser humano, cuando pierde ese algo que lo distingue del ser irracional, se convierte en la bestia más repugnante.

Creo que si en vez de ponerse tanto cuidado en ocultar la realidad de la vida, envolviéndola con el encanto del misterio, dando así lugar a que la fantasía urda el lado más bonito, se descorriera el velo a una edad conveniente, se evitarían muchas víctimas. Para hacer odioso el vicio, antes de caer en él, no hay como ver sus consecuencias en un hospital u observarlo en uno de esos tugurios.

Es indudable que aquellas pobres mujeres que sirven hasta de escarnio, han llegado allí por una atrofia total de los sentimientos; pero también las hay que llegan por una escéptica y amarga filosofía. Nunca olvidare a una de esas mujeres que, una noche, estando en uno de estos sitios, se sentó en nuestra mesa, pidiendo que le pagaran algo; era fea, entrada en años, iba muy pintarrajeada, y llevaba un ramo de claveles puestos en lo alto del moño, con los tallos tan largos, que bailaban al menor movimiento, completando lo grotesco de su figura. Se le pagó una cerveza, y mientras la tomaba traté de que me contara la causa que la llevó a aquel lugar. Contestó con evasivas a mis preguntas, y, al apurar el último trago, dijo:

—Hija mía, el mundo no encierra más que desengaños y miserias; el único objeto de mi vida es esperar la muerte; que la espere en una esquina, que la espere en otra, ¿qué más da? ¡Ella dará conmigo!

Y se alejó preludiando una malagueña.

La seguimos con la vista unos instantes, levantándonos para marchar, y una vez en la calle dijo mi compañero:

—Tiene razón. Cuando el convencimiento real de lo que es la vida se nos posesiona, solo podemos sentir esa despreocupación, más bien desprecio, de todo lo que existe y nos rodea y hasta de nosotros mismos, y entonces lo más natural, respondiendo a la imperiosa necesidad de comer, es aceptar lo que se presente, sin fijarse en la calidad de lo aceptado, ni en el medio porque viene, ni en la mano que lo trae.

—Sí es verdad —le contesté— que Dios nos quiere limpios de pecado, sin que nada enturbie la pureza de los más nobles sentimientos que en nosotros ha infiltrado, no debía habernos puesto estómago, y no deja de ser una ridícula paradoja de los que se hacen llamar representantes de la Divinidad, predicar el goce y la recompensa en la otra vida de nuestras buenas acciones en esta, cuando nos ordenan vivir, y nos dan con qué.

—Dios o la Naturaleza, o lo que sea nos ha dado el instinto y las armas con que defenderlo ni más ni menos que como el más insignificante ser de la creación. Ahora bien, el uso que hagamos de ellas podrá redundar en bien o en mal propio en esta vida, pero sin consecuencias en el más allá.

Íbamos dando vueltas por aquel barrio, sin sentir el cansancio ni notar la finísima llovizna que a intervalos caía. La escéptica filosofía que nos sugirió la vieja de los claveles, nos dio tema para un buen rato, y quien oyera nuestra conversación nos tomaría por furibundos anarquistas.

La llovizna cesó; el cielo quedó despejado; las estrellas lucían más que de ordinario, y sin darnos cuenta, huyó de nuestros espíritus aquella cerrazón de pesimismo que los envolvía, y ya camino de nuestra casa, tranquilos y contentos, nos oprimíamos los brazos, nos acariciábamos con la mirada, y nos prometíamos la más lisonjera dicha para el porvenir.

¡Triunfaba la vida!

XII

—Estaba entregada a un optimismo encantador. Creía que merecería desprecio, si llegaba a pensar como viable mi venta al banquero. No veía dificultad en aceptar la proposición del agente, pues en unión del estudiante me las prometía muy felices. Este con su carácter atemperado, su parsimonia en el pensar la realidad, y la poca gracia que le hacía que yo fuera cupletista, me solía oponer razones que amortiguaban mi entusiasmo, y destruían mis castillos fantásticos.

Doña Pasito era aún más fatalista: me recordaba de continuo el poder del dinero, y me ponía de relieve el caso, de que a veces el mismo destino nos empuja y nos obliga, y entonces nos avenimos par necesidad, o por otra cualquier causa, a aquello que repudiamos con mayor energía. Y yo ante tantas oposiciones a mi optimismo, me desalentaba y concluía para encogerme de hombros, y no me decidla a hacer el contrato con el agente, ni a tomar ninguna resolución.

Sin hacer caso de los apuros ni sermones de mi patrona, dejé las cosas entregadas al destino, o el destino sin hacerme esperar mucho tiempo, se encargó de resolverlas. Un día llegó el estudiante muy agitado, pálido, con la cara desencajada. Entró en mi gabinete, se abandonó en una butaca, y, por contestación a mis preguntas, sacó del bolsillo un telegrama y me lo entregó. Era de su madre que lo llamaba con urgencia porque su padre estaba muriéndose. Yo sentí como si una corriente de aire muy frío me hubiera congelado la sangre. Guardé silencio, porque ni encontraba palabras que pudieran expresar mis sentimientos, ni hubiera podido articularlas.

Más tarde le ayudé a arreglar su equipaje, y le acompañé a la estación. Nuestra despedida fue tranquila, sin lágrimas, sin protestas: al cerrar la portezuela del coche, un abrazo, al partir el tren un adiós ¡hasta la vista!

De regreso de la estación, me acosté sin cenar. La noche estaba fresca, pero yo sentía un calor que me ahogaba, y dejé abierta la ventana. Permanecí largo rato en una paralipsis total de pensamiento, y, a la corriente de aire, me dormí.

Treinta días de alta fiebre fueron para mí como una sola noche de terrible pesadilla, de la que desperté con una sensación de aturdimiento y malestar. Al pasear la vista par la estancia cual si quisiera convencerme de que no dormía, aumentó mi confusión al verme en una amplia y lujosa sala, para mí desconocida. A la luz opaca difundida por una lámpara de noche, me fijé en cada cosa tratando de reconcentrar mi voluntad para evocar mis recuerdos, y al distinguir la figura del banquero, que dormitaba recostado en una butaca, me quedé como quien ve visiones, quise gritar, pero los objetos bailaron, se confundieron, se hicieron obscuros hasta que todo desapareció a mi vista.

La voz de doña Pasito que solícita me instaba a tomar una medicina, me hizo volver nuevamente en mí; abrí los ojos y miré con *fijez* de alucinada a la butaca en que había visto al banquero. Estaba vacía; un rayo de sol la cruzaba. Le supliqué a mi patrona que me diera alguna explicación de lo que me ocurría, pero esta, arreglando cariñosamente la ropa de la cama, me impuso silencio...

Quince días después, al entrar en una franca convalecencia, me lo explicó todo: al día siguiente de la noche en que se había ido el estudiante, desperté con la intensa fiebre que ya no me abandonó. Doña Pasito, al verme delirar, llamó al médico, y este le dijo que tuviera cuidado que parecía ser fiebre tifoidea. Ella, no sabiendo qué hacer, le pareció la mejor ocasión para buscar al banquero, y así lo hizo. De acuerdo con él, me trasladaron a su casa, donde de día estaba encargada de mi cuidado doña Pasito, y de noche el mismo banquero.

Al preguntarle por el estudiante, me dijo que guardaba unas cartas que habían llegado para mí, que seguramente serían de él, y que no me las daría hasta que el médico no lo permitiera.

Sin querer me encontraba en casa del banquero y ligada por la deuda de gratitud que doña Pasito se esforzaba en tenérmela presente, ensalzando las bondades de mi amigo y atribuyéndole todas las perfecciones morales. Fuera por esto, por la costumbre de verle, o por el cansancio de la vida que se apoderó de mí y me volvió insensible, rechace la antipatía que me inspiraba y decidí dejarme conducir sin la menor protesta. Me había convencido de que el mundo no guardaba más que desengaños, que toda ilusión es demasiado fugaz para que merezca la pena de ansiarla; que sólo no pensando se puede ser feliz, y no siendo el objeto de la vida más que vivirla, ¿qué podía importarme la forma de conseguirlo? ¿Acaso no tenía razón la vieja de los claveles...?

La sirena del San Martín atronó de nuevamente el espacio con un silbido prolongado.

—Ahora sí que debemos estar frente a Montevideo —le dije a mi compañera.

—Pues si le parece nos levantamos —contestó—, me gusta mucho ver, desde el mar, el panorama de una ciudad.

Nos vestimos y salimos juntas a la cubierta.

Efectivamente, ya se veía el cerro de Montevideo esfumado por la niebla. La mañana prometía un día gris, sin sol y sin lluvia; la mar estaba muy agitada, y el balanceo del vapor era tan pronunciado, que muchos pasajeros que también habían salido de sus camarotes, probablemente con la misma idea de ver la entrada del vapor en la bahía, se retiraron mareados. Nosotras, cansadas de ir de un lado; a otro buscando los sitios donde pudiéramos estar sin que nos alcanzaran los golpes de las olas, que cada vez eran más fuertes y frecuentes, nos volvimos al camarote. Hablábamos de playas, de baños, de paisajes... y me agradaba oír el desparpajo con que Zezé hacía descripciones de los sitios en que había estado.

Su poderosa imaginación le hacía, a veces, atropellar los conceptos al querer dar más color a un detalle mejor observado, o mejor grabado en su cerebro.

¡Qué curiosa mujer! ¡Qué difícil clasificarla! ¿Romántica, filósofa, histérica...? Reunía la gama de todos los entusiasmos y de todos los desprecios. Al hablar de virtudes o de vicios lo hacía como si cada uno por separado, al exponerlo, tuviera raíces en su ser, parecía una notable y perfecta artista genérica que para cada asunto, por opuesto que fuese, tenía inflexiones tan apropiadas que al emitirlas convencía y agradaba.

Yo, con la intención de que me hablara de ella, de su historia, apenas lo creí oportuno, le pregunté:

—Con los sufrimientos y tristezas pasadas, y con su natural franco y leal, ¿no siente usted deseos de deponer todo lo que sea lucha y vivir tranquila?

—Así lo pienso hacer, tan pronto me sea posible. Ansío vivir sola, sin roce amistoso con esta humanidad, cuya inmundicia ahoga a los seres que sienten,... a los que a sí mismos se respetan se respetan, sin necesidad del freno de que sus acciones sean conocidas.

—La vida, sin ningun afecto, tampoco puede ser tranquila, porque no es normal.

—Estoy ya acostumbrada a vivir sola, sin ningun sentimiento, en la mayor indiferencia.

—Ya sabe usted que «la indiferencia es un sentimiento menor que la falta de todo sentimiento», y es usted demasiado joven...

—Creo, como ha dicho usted muy bien, que El sentimiento es la negación de la vida.

—Sí, el sentimiento, tornado como escuela sentimental, no como percepción de los sentidos. Podía haber dicho con mayor propiedad: el sentimentalismo es la negación de la vida.

—Es verdad, desde luego, ya lo dije, que ahora no me siento sentimental, y digo vivir indiferente, porque no deseo la relación íntima con nadie. Es muy difícil la unión de dos personas de sexo contrario, que posean el talento y la educación en el mismo grado; que conciban el amor como sentimiento, no como necesidad, y que ambos tengan el genio del amor tan por igual desarrollado que lleguen a entenderse. Este es un fenómeno del mundo moral, si una vez se produce, no hay que esperar otra, y como conmigo y el estudiante ya se realizó, no confío que el caso se repita.

—Pues cómo, ¿no conserva usted relaciones con el estudiante?

—No señora; desde aquella vez que se fue a su pueblo a causa de la enfermedad de su padre, no le he vuelto a ver.

—¡Que extraño! Y ¿no se han escrito tampoco?

—El sólo escribió las cartas que doña Pasito recibió y guardó durante mi enfermedad, donde me contaba que a causa de la muerte de su padre tenía que abandonar su carrera, porque las escasos intereses que poseían les daba para comer atendiéndolos él mismo. Yo cuando pude escribirle lo hice extensamente narrándole todo cuanto había ocurrido, a cuya carta no tuve respuesta; le escribí otras dos y tampoco me contestó, y no le volví a escribir más.

—Y después, ¿no ha hecho usted nada para enterarse qué motivó su silencio o qué es de su vida?

—Algunas veces lo he pensado, pero ya por una causa, ya por otra, siempre he dejado ese asunto quieto. Es fuego muerto que es mejor no reanimar. Nunca hubiera sospechado cuánto me había de hacer sufrir la separación de aquel ser de quien no creía estar enamorada... ¡Ah! ¡Las pasiones humanas son un enigma! Ya ve usted, lo considero mi ideal, mi Única, y la idea de que si vive, desde que soy cupletista ha tenido ocasión de saber de mí y dónde dirigirme una carta, y no lo ha hecho, es lo que mayor mente me ha detenido para no dar un paso en su busca.

—Un amor propio, quizá mal entendido, pues bien merece la pena sacrificar alga a una felicidad tan difícil de alcanzar.

—Es verdad, pero, ¿quién me puede asegurar que después del sacrificio no recibo un nuevo desengaño?

—Tiene usted razón, eso ya es otra cosa. Luego si usted tuviera la seguridad de no recibirle no tendría tanto poder su amor propio.

—¿Quién sabe! ¿Quién es capaz de descifrar la lucha de sentimientos que nos animan?

—¡Y dice usted vivir sin ellos...! ¡Ah! Fisiologistas del amor, psicólogos feministas..., os admiro y os envidio porque sabéis definir lo que no conozco, y conocéis lo que no entiendo: el amor y el alma de una mujer.

—Ja, ja, no creo que las almas tengan sexo, ni que los que nos conocen, se conozcan a sí mismos.

—Puede que sea así. No quiero bucear en ese mar sin fondo. Desearía que antes de desembarcar me acabara usted de contar su historia. Siento ser impertinente, pero usted tiene la culpa.

—No se preocupe. Me ocasiona usted un placer.

—Gracias. Es usted admirable. ¡Cuánto lamento no ser el estudiante!

—Yo también lamento que sea esta, quizá, la única vez en nuestra vida que nos veamos.

—Eso no puede saberse, y mucho depende

de nuestra voluntad. Yo le brindo con mi amistad, sin las aficiones de Leonor, se entiende.

—Me place doblemente —contestó, riendo a carcajadas—; ¡hace tanto tiempo que perdí la costumbre, que me costaría trabajo el adquirirla de nuevo!

—Agradezco y aprecio tanto su ofrecimiento, que corresponderé con todas las veras de mi alma.

—Pues no hay que hablar más, si quiere usted continuar su relato, soy toda oídos.

XIII

—Quedamos en que sin querer me encontraba en casa del banquero ligada por la deuda de gratitud, y abatimiento moral en el que todo se acepta como discutido y aprobado. Pues bien, una vez restablecida, al suceder lo inevitable, se rebeló en mí con mayor fuerza, aquella repugnancia instintiva que sentí por aquel hombre, y comprendí que jamás, por más esfuerzos que hiciera, podría quererle como amante. Al principio algo así como cariño sentí por él (hay sentimientos que en cierta intensidad se confunden y se hace difícil el análisis), que bien pudo ser por las atenciones y cuidados con que me rodeaba.

Su casa, realmente, era como él decía: un nido que parece un paraíso. En todo dominaba el buen gusto y la armonía artística, de tal manera que a mí, en otro estado de ánimo me habría sido grata mi estadía allí, por lo menos los primeros meses.

El banquero conservaba bien sus cincuenta años. Su fisonomía, con ojos grises de expresión alegre, nariz pequeña y algo respingada, dentadura completa y muy blanca, hubiera sido agradable y simpática, en un cuerpo esbelto y elegante; pero en aquella facha, ridícula por su exagerado abdomen y sus piernas cortas, adquiría un aire cómico, y en conjunto ofrecía un aspecto de figurín.

Toda su vida dedicado al comercio, habiendo empezado su carrera por barrer almacenes, carecía de cultura; solo había adquirido, por el roce social esa ligera capa de barniz que induce al atildamiento, a los buenos modales, y a todas las finezas de que hacemos gala en sociedad para engañarnos mejor los unos a los otros.

Su fondo no era malo, pero, hortera enriquecido por el capricho de la suerte, no tenía más ideal que los goces materiales elevados a la categoría de necesidad, sin fuerza de voluntad para reprimir su expansión.

No le dolía gastar dinero para proporcionarse comodidades y satisfacciones, y, a pesar de su espíritu vulgar, tenía buen gusto artístico.

Todo le parecía poco para verme contenta, y a medida que aumentaba su pasión hacia mí, aumentaba mi repugnancia hacia él: una cosa es conocer a las personas sin trato íntimo ni roce carnal.

El banquero, era un era un erotomaniaco, que su veleidad amorosa lo conducía a las más absurdas aberraciones.

Vegeté cerca de dos años a su lado, haciendo todo lo posible, sin obtenerlo, para acostumbrarme a sus gustos y caprichos.

Pasaba la vida encerrada. Al banquero le agradaba exhibirme, pero el papel de amante decorativa no podía soportarlo. Cuando invitaba a comer a sus amigos, me fingía enferma y me metía en cama.

Para mayor tormento mío, el banquero, con objeto de no dejarme sola por las noches, abandonó las tertulias, cafés y clubs que antes frecuentaba. A instancias mías fue alguna vez a casa de Leonor, por el tuve noticias de todos los contertulios, de ella supe que presumía de honrada y que tenía otra amiga favorita. Nunca me nombró para nada a Luis, ni yo le pregunte por él.

Doña Pasito venía a visitarme con frecuencia. A ella le contaba mis intimidades con el banquero, y lo asqueroso que me resultaba. Le parecían tonterías sin importancia y fáciles de soportar. Su espíritu no entendía de delicadezas, y como le convenía la amistad con el banquero, y es más fácil aconsejar que pasar las cosas, no quería oírme decir que el mejor día me iría de su lado. Me trataba de ingrata, de tonta, que no sabía apreciar el bien que tenía..., y con énfasis maternal, entre severo y cariñoso concluía:

—Si cometes tal locura, no te miro más a la cara.

Con esto ya sabía que no podía confiar en ella.

Y mientras tanto el tiempo pasaba, y a mí se me iba haciendo imposible soportar a aquel hombre todo carne, al que sólo la satisfacción de ella preocupaba.

A ratos pensaba si doña Pasito no tendría razón; pero por más vueltas que le diera, no encontraba conformidad con aquella vida puramente maquinal, y lo que era peor, esclavizada por las exigencias de quien se creía mi señor y dueño.

Busqué por todos los medios que tanto el banquero, como doña Pasito comprendieran que a un espíritu inquieto y rebelde como el mío, no le era dado a nadie, ni a mí misma, amoldar a su antojo, y que para mí el lujo y el dinero era un aliciente; pero no constituía mi felicidad. Yo necesitaba ser yo libre dueña de mi voluntad; de otra forma moriría como el ruiseñor prisionero, entre los mimos de su aprehensor.

Traté de que me dejaran dedicarme al teatro, de separarme del banquero amistosamente. Nada, fueron inútiles mis esfuerzos, no me entendían, no querían entenderme.

Cansada ya, decidí callar para proceder por mi cuenta cuando menos se lo esperasen. Resuelta a no aguantar más, estaba dispuesta a irme donde no supieran de mí; pero reflexionaba que no debia de irme sin ropa y sin dinero: volverme a poner en el caso anterior hubiera sido estúpido; el banquero era rico, y yo, como instrumento de placer, bien ganado tenía cuanto pudiera llevarme. ¿Que era una acción mal hecha? ¿Que ocasionaría un gran disgusto? Tanto peor, así lo habían querido. ¿Quién es un ser para hacer de otro una propiedad contra su gusto? ¿Qué podía importarme de cuanto había hecho por mí? ¿Acaso no había sido por egoísmo, para satisfacer su capricho...? Sí, podía, sin ningún remordimiento, proceder con toda la hipocresía que fuera necesaria.

Nunca falta una aliada para engañar a un hombre, pero yo en aquella ocasión no contaba con ella. Modista, peinadora, doncella, y toda la gente con quien tenía que tratar, eran de la confianza del banquero o de doña Pasito, y no creía prudente confiarme. ¿Cómo hacer para reunir dinero y salir de allí con mi ropa? Inútil pensarlo, yo sola; no contando con una persona de confianza, era imposible.

Empecé por manifestarme más contenta y con deseos de pasear. Entonces dejaba su coche a mi disposición, con orden de que si yo salía a pie me siguiera por si me cansaba. Era un espía que con pretexto galante me colocaba, pues el cochero era el hombre de su mayor confianza.

Cuando le pedía dinero para comprar algo, con el fin de guardarme una parte, me decía que hiciera traer lo que fuese de mi agrado que él lo pagaría. Y así por el estilo, todos se volvían obstáculos para realizar mis propósitos. No pudiendo hacer otra cosa, di en adquirir muchas alhajas, que en cualquier caso siempre sería dinero, y lo más fácil de llevar. El banquero pagaba sin la menor objeción; pero como si presintiera o sospechara mis intenciones, disimuladamente, aumentaba la vigilancia, sobre todo durante el tiempo que estaba ausente de Madrid, por razón de sus negocios, que por desdicha eran pocas veces y para poco tiempo.

No teniendo manera de entablar relación con alguien, desesperada ya de encontrar la oportunidad deseada, cuando la casualidad o lo que fuese, todo me lo allanó, en el momento que menos lo aguardaba, de la siguiente manera: una tarde, esperando al banquero que debia de llegar de Albacete, donde se encontraba por un asunto judicial, recibí un telegrama suyo, diciéndome que se veía obligado a permanecer en aquella ciudad unos días más. Yo tuve una inspiración espontánea, y mandé llamar al cochero, a quien pregunté a qué hora salía tren para Albacete, donde él sabía que estaba su amo. Me manifesté nerviosa y contrariada por la ocurrencia del señorito: ¡mandarme llamar porque se quedaba unos días!, ¡qué tontería!, ¡qué capricho...!

Debí hacer tan bien la comedia que nadie sospechó lo más mínimo; sobraba tiempo para marchar aquella misma noche, y todos se apresuraron a satisfacer el deseo de su señor, aunque no recibieron orden directa.

Hubo un momento en que temí el fracaso: cuando dijeron de buscar al secretario para pedirle dinero, acompañarme a la estación y telegrafiar al banquero la hora de mi salida. Salvé el escollo diciendo que no valía la pena, que demasiado sabría él a la hora que podría salir y que de hecho me esperaba esa noche, por lo tanto sólo necesitaba lo justo para el billete, que siendo bien poco podía darlo el ama de llaves...

Toda se hizo a mi gusto, y más tarde me encontraba instalada en un *wagón* de primera camino de Albacete con las maletas bien repletas y un bolso lleno de alhajas, pero sin un céntimo. Iba recostada cómodamente, pensando en la crítica situación en que me habrá colocado, y que podía complicarse si al cochero se le ocurría telegrafiar al banquero. No me había ni siquiera dado cuenta de que había otras personas en aquel compartimento. La noche era obscurísima y el viento hacía penetrar por la ventanilla abierta, el humo de la máquina. Me levanté para bajar el cristal, y entonces, como si surgiera del asiento, se alzó un hombre adelantándose a mi propósito, le di las gracias, y con este motivo entablamos conversación. Era un señor catalán que iba a embarcar en Cádiz para estas tierras. Tendría unos treinta años y era bastante agradable.

Pasadas las primeras estaciones nos quedamos solos...

¿Cómo fue aquello? No lo sé.

Al llegar a Alcázar nos apeamos para tomar el tren de Andalucía, desde donde pensé irme por mar a Barcelona...

Una vez en Barcelona, me puse a estudiar el canto con la decidida intención de ser cupletista; pero el profesor, entusiasmado con mi voz, me preparó para la zarzuela, y cuando supe un pequeño repertorio, me facilitó un contrato en buenas condiciones.

Cerca de un año hacía desde mi escapada de la casa del banquero, la noche que debuté en un teatro de Barcelona, con una compañía de zarzuela seria.

Tuve un éxito franco, y así me evité muchas contrariedades, llegando a la cumbre de mi carrera con pocos tropezones.

Sin embargo de ello no estaba contenta: la lucha de entre bastidores no era para mi carácter; ganando el sueldo máximo apenas me alcanzaba para los gastos, y eso contando con un trabajo continuado, cosa que no era fácil.

La zarzuela seria decaía por el mal gusto reinante, y el llamado género chico se hacía dueño absoluto de los escenarios

Rehusé contratos para Madrid por temor de encontrarme con el banquero, pero por fin acepté uno, y como me lo temía sucedió.

La primera visita que recibí la noche de mi debut fue la de mi viejo amigo. Aunque no usaba mi nombre en el teatro, me conoció por los retratos que exhibieron en los anuncios antes de mi llegada. Fue más discreto y bueno de lo que yo esperaba: no tuvo un solo reproche para mi acción, ni una sola palabra para el pasado. Me saludó con visibles muestras de la alegría que le ocasionaba el volverme a ver, y yo le retribuí con un abrazo efusivo, sincero, que lo emocionó hasta verter lágrimas. Desde ese día mantengo su amistad, pero sin trato íntimo.

Doña Pasito también estuvo a visitarme. A sus ruegos, volví a su casa, y allí paro cada vez que voy a Madrid. Sigue siendo mi confidente, y, al fin, como si hubiera sido mi destino, a ella le debo ser cupletista. Enterada de lo que yo hacía, del trabajo y la lucha que tenía, me demostró que como cupletista ganaba más, gastaba y trabajaba muchísimo menos, y tenía mayor libertad.

Me demostró también que la consideración social que podía darme el ser tiple de género grande, que fue la razón que me indujo a serlo, ni me resarcía de nada, ni valía la pena de preocuparse.

—Desde entonces ando por cines y teatros de varietés; ganando en algunos de ellos sueldos fabuloso.

Hasta acostumbrarme a ese público, que en lenguaje de bastidores llaman por aquí la indiada, me hacían pasar malos ratos las humillaciones que tenía que soportar. Hoy me sirven de risa, y no hago caso de nada; sigo adelante con el único fin que persigo: un capital que me permita retirarme pronto del teatro y pasar una vida tranquila, independiente.

Paró la máquina del San Martin y la sirena tocó de nuevo. Ya estábamos a la entrada de la bahía. El velo de niebla que antes todo lo ocultaba había desaparecido por completo, quedando una clara y magnífica mañana. Montevideo se alzaba majestuoso, dorado por los primeros rayos del sol...

XIV

Algunos años después, realicé mi proyectado viaje a España.

Fui a parar a una pequeña población levantina, la que designaré con el nombre de Monteleño, donde vivían mis parientes por línea materna.

Habiéndome ausentado de Monteleño muy joven, mi imaginación lo conservaba en confuso recuerdo, y, en mis ratos de nostalgia, lo soñaba como vergel paradisiaco. Allí ansiaba descansar y vivir despacio, para darme mejor cuenta de la vida. Quería soñar despierta, y aspirar todo el perfume que emana de aquella tierra fértil.

Llegué a Monteleño una tarde de primavera. El sol, traspuesto, dejaba tenues colores de iris en la bóveda azul, y el aroma del naranjo embargaba los sentidos.

Monteleño, circundado por feraz huerta, es tranquila mansión de ensueños y encantamientos. De tiempos árabes proviene su arqui-tectura, y no es posible discurrir por sus calles sin añorar cosas pasadas. Un espíritu meditativo y artista, encuentra allí su fuente inagotable para el estudio de aquellas razas, porque los edificios antiguos tienen alma; son la historia más ingenua de sus artífices, encarnando las ideas de su época.

Habitaba en casa de una parienta que tenía colegio de niñas. Por la mañana me despertaba el canturreo con que daban la lección de catecismo sus alumnas. Me hacía reír tanto disparate repetido con la inconsciencia del loro, y dictado por doña Angustias, que así se llamaba mi parienta, en tono magistral, con las gafas caídas en la punta de la nariz, y su voluminosa persona empaquetada en un sillón.

Doña Angustias, que a pesar de mi parentesco y confianza con ella, nunca pude llamarla de otro modo, era la profesora más aristocrática del pueblo. Casi no sabía leer ni escribir, pero, ¿qué falta hacía?; en cambio, era muy primorosa. Sus alumnas aprendían a bordar, a hacer flores, y, especialmente, unas muy cucas canastitas de pepitas de melón. Con esto, y sabiendo el catecismo, estaba admira-blemente terminada la educación de las señoritas del pueblo.

Entre la procesión de parientes que a diario desfilaban por la casa de doña Angustias para visitar a la parienta de América, como irían a un jardín zoológico a ver un animal muy extraño traído de otro mundo, solo les prestaba atención a las señoritas de Figuerola, por el interés y la curiosidad que me despertaban aquellos cuatro ejemplares de bímanos hembras, impagables para un estudio.

Como nunca entraron en mí esas convenciones y atavismos que tenemos por herencia, y a los que en Monteleño les rendían un incondicional vasallaje, la diferencia de educación, ideas y costumbres, tuvieron necesaria-mente que chocar entre mis parientes y yo.

Libre de espíritu, nunca he acatado más que a mi razón, tan lógica con mi modo de ser; y tan clara en mi lógica, que no podía comprender el ¿por qué a aquellas gentes les importaba tanto la vida de los otros, cuidándose más del vecino que de sí propio, para hacer suposiciones, y las suposiciones verdades, y las supuestas verdades escarnecerlas? ¿Por qué tenían una idea tan limitada de las cosas, tanta hipocresía para los actos naturales, y hacían tantos esfuerzos para aparentar lo que no sentían ni pensaban...?

Así se los manifestaba, dando lugar a desagradables discusiones, pues a ellos les parecía mal y criticaban mi despreocupación. Viendo que la enorme distancia que nos separaba ni ellos la andarían ni yo tampoco, porque faltaba el único camino llano factible de recorrer en estos casos, decidí irlos espantando poco a poco, hasta no tratarme con nadie.

Empecé por irme todas las mañanas sola por las afueras del pueblo, y unas veces leyendo tendida bajo de un olivo o sentada en alguna margen, y otras hablando con los labradores, me pasaba largas horas.

Me complacía de aquel bucólico solaz, y prefería la conversación con aquellas gentes sencillas, que sin pretensiones de educación, me hablaban de cosas más interesantes: cómo realizaban sus faenas campestres, particularidades de las plantas, y hasta curiosas observaciones zoológicas.

Un día, estando en uno de estos coloquios, me llamó la atención y me quedé mirando a una gallarda figura de mujer que pasaba a lo lejos.

El campesino me informó que era la condesa del Palmar, que vivía en Madrid; pero que pasaba largas temporadas en una magnífica heredad que poseía cerca de allí, denominada El Palmar, de la que tomaba su título su dueña, y que tenía la misma costumbre que yo de salir sola a leer por el campo.

Entonces me acordé de que las de Figuerola me habían hablado mucho de dicha condesa, con quien habían tomado como estribillo el compararme. No había hecho caso, porque creí que sería una de las tituladas por ellas; tenían la costumbre de nombrar a todas sus relaciones por títulos de nobleza, y hasta se traían diariamente un juego de recepciones y banquetes, oficiando de princesas y doncellas alternativamente; pero uniendo lo que el campesino me dijo a lo que ellas me habían dicho, tuve un súbito recuerdo, y una duda me asaltó. Para salir de ella, decidí encontrarme con la condesa, y pronto lo conseguí.

—¡Querida señora! —exclamó Zezé, avanzando hacia mí con los brazos abiertos.

—Pero, ¿es usted? —contesté ingenuamente, correspondiendo al abrazo.

—Creo que sí, es decir, para usted soy siempre yo.

—No comprendo.

—Muy sencillo: si por ser cupletista no desmerecí ante usted, el hecho de ser condesa no me dará más valor.

—¡Qué tontería! Yo aprecio a la persona en sí, sin importarme el escalón social en que se encuentra.

—Pero la mayoría le sucede lo contrario. Ahora verá usted cómo me respetan y se honran con mi amistad.

—Me lo supongo; conozco algo al género humano. Hablemos de usted. ¿Cómo es esto?

—Vamos a casa, y allí le explicaré cuanto usted quiera.

Pronto nos encontrábamos cómodamente instaladas en las mecedoras del vestíbulo de una mansión señorial, departiendo alegremente.

Recordamos la noche de nuestro encuentro, algunas cartas que cruzamos después; nos disculpamos mutuamente por haber interrumpido la correspondencia, sin llegar a aclarar de quién fue la culpa... y por fin dijo Zezé:

—¿No adivina usted lo sucedido?

—Su tía de usted que ha tenido la feliz ocurrencia de morirse...

—Sin hacer testamento.

—¡Magnífico! Todo está comprendido, y de verdad la felicito. ¿Hace mucho tiempo que descansa en paz la buena señora?

—Unos dos años.

—Y ¿seré impertinente si le pregunto cuál es el programa de su vida?

—¿Programa de mi vida? Ninguno. Vivirla, estudiarla y observarla como antes, con la diferencia de que ahora puedo hacerlo desde un palco... en mejores condiciones.

—¿No piensa usted en casarse? Porque me figuro que ahora tendrá usted su enjambre de pretendientes; con buen fin.

—¡Ya lo creo! ¿Recuerda usted al teniente aquel que frecuentaba las reuniones de Leonor?

—Sí.

—¡Pues hasta ese ha pedidlo mi mano! ¡Ah! ¡Si usted supiera el efecto que ha tenido mi cambio de situación! ¡Cuántas cosas interesantes puedo contarle ahora...!

—¡Buena cosa me dice usted para no dejarla tranquila!

—No sabe usted el favor que me hará, pues me aburro soberanamente, y ahora comprendo el suicidio por *spleen*[1].

—Eso es un disparate o una exageración del sentimiento.

—También puede ser una imperiosa necesidad. ¿Quién no la ha sentido vibrar en su alma? El obrero, mártir del trabajo, que jamás llega a cubrir sus necesidades; el empleado que tiene la exigencia del traje decente, que forma una de las clases más hipócritas del embarnizado social; el artífice combatido por egoísmos, por tendencias diversas, cuando las más bellas esperanzas idealizadas y acariciadas en sueños halagadores, se convierten en un caos indescriptible de desilusiones y desengaños, al menos, al verse repudiar su obra, que es parte de su propia vida, hundiendo el castillo magnífico de ideas rebeldes, tal vez no concebidas por entero en el libro que el editor ha rehusado... en el cuadro que ha quedado sin vender...

—En todo eso hay una poderosa razón; pero no la concibo en un simple aburrimiento.

---

[1] La frase «suicidio por *spleen*» era una expresión, ahora en desuso, que significa llegar al suicidio por el aburrimiento que uno siente de su propia vida.

—Pero en quien como yo ha seguido su camino como eterno viandante, dejando caer en él una a una todas las ilusiones que envolvían su alma, encerrándola a veces en castillos de sueños... de quimeras... y concluye por conocer la vana alegría del mundo, el secreto de las lágrimas, las mentiras de los afectos... comprobando que nadie quiere a nadie, que ni la madre es sincera con el hijo, porque en vez de pedirle perdón por haberlo traído al engaño del mundo, exige de él una gratitud que no tiene razón de ser...

—Veo que hoy está usted poseída de un yo muy pesimista. Concedo que todo sea mentira; pero no quiero renunciar al placer de dejarme engañar. ¿Por qué no aceptar las cosas como son? ¿Para qué protestar?

—Si no hubiera protesta, no habría lucha y si no hubiera lucha, no habría progreso.

—Yo creo que el progreso es una ley de la Naturaleza, que se cumple mal que le pese al hombre... Pero observo que el tiempo pasa, y que es necesario que dejemos estas filosofías para otra ocasión.

—Deseo discutir con usted a diario.

—Perfectamente. Se me ocurre una cosa. Contando ya con todo lo que usted me dirá, voy a escribir un libro titulado *Zezé y yo, diálogos*. ¿Le parece a usted bien?

—Muy bien...

Y salí de casa de mi amiga, atontada por el torbellino de ideas que me sugería aquella mujer excepcional.

Cuento absurdo

Angeles Vicente

Cuento absurdo.

El problema social fue definitivamente resuelto por Guillermo Arides, el anarquista más terrible y genial de los tiempos pretéritos, presentes y futuros.

Cultivador apasionado de las ciencias físicas, habia ideado la manera de destruir la humanidad en un segundo, utilizando para ello ignorados fluidos interplanetarios, acumulados y dirigidos con precisión admirable, mediante un complicado aparato de su invención. En un momento determinado oportunamente, quedarían aniquilados los hombres y cuantos animales son a él semejantes en su constitución física. Nadie podría salvarse, a no ser él, Arides, y los por él elegidos entre sus más adictos correligionarios de ambos sexos.

Como Arides no habia hecho misterio de sus trabajos, fue detenido y llevado ante el juez.

Pero cuando expuso tranquilamente su proyecto de aniquilar el mundo, se burlaron de él, le creyeron rematadamente loco y, calificada su locura de inofensiva, le dejaron en libertad.

Sus mismos amigos llegaron a dudar de su razon, tal era la magnitud de la empresa. Sin embargo, le secundaban y obedecían, sugestionados por su persuasiva elocuencia de iluminado.

En tal estado de cosas, llegó el día magno, y el apóstol y sus elegidos se congregaron en el amplio laboratorio.

—Hermanos —dijo Arides a sus adictos— os he llamado porque ha llegado la hora de concluir con la tiranía existente, con todos los privilegios, con todas las infamias. En un segundo sera destruida la obra maléfica de tantos siglos, y sobre este planeta no quedaran más habitantes que nosotros, los reunidos en este recinto aislado convenientemente. No tendremos ya más leyes que nuestros instintos. A vosotros quedará encomendada la alta misión de fundar una nueva humanidad. Nuestra libertad sera nuestra dicha...

Todos le escucharon en silencio. Las mujeres sentían miedo. Los hombres se mantenían a la expectativa, incrédulos, pero tampoco exentos de temor. Arides continuo su discurso, yendo al mismo tiempo de un lado a otro de su laboratorio para dar la última mano a sus aparatos. Luego se volvió a los circunstantes:

—¿Estáis dispuestos? —pregunto—. ¿Os sentís desligados del resto de los hombres? Deseáis, como yo, su destrucción, para que de entre sus cenizas surja una nueva humanidad libre y perfecta?

—!Si! —contestaron todos, subyugados.

—¡Cúmplase nuestro deseo! —exclamó Arides a su vez, sonriendo beatíficamente, y aproximándose al aparato propulsor, movió una pequeña palanca.

Un grito de espanto se escapó entonces a todos los que le circundaban: la atmósfera se habia inflamado con resplandor vivísimo, y una violenta sacudida estremeció la tierra.

Arides se volvió a sus camaradas con gesto triunfante:

—¡*Consummatum est*! —gritó alzando los brazos.

Sus compañeros, ya repuestos, le miraron con estupor. Estaban conmovidos, inquietos, pero la duda se reflejaba en sus semblantes: ¿era admisible que la humanidad pudiese ser destruida tan fácilmente, en un instante?

Arides lo advirtió:

—¿Dudáis de mi obra? —les dijo—. ¿No os

indica nada ese silencio absoluto? ¡Escuchad! ¡La vieja humanidad ha muerto!

En efecto, un silencio de muerte los rodeaba, no turbado siquiera por el rumor del viento en aquel día apacible. El rodar de coches y tranvías, las voces de los vendedores ambulantes, el canto de los pájaros, los ruidos todos, armonía complicada de la vida, que momentos antes llegaban en confusión hasta el amplio recinto, habían cesado. Un escalofrío de terror estremeció a todos.

—¡Venid a recorrer la ciudad —prosiguió Arides— y os convenceréis!

Le siguieron consternados. Las calles y las plazas estaban sembradas de cuerpos rígidos, inertes. Los tranvías habían descarrilado por falta de dirección, un automóvil se había estrellado contra un muro, otro habia volcado y las ruedas seguían girando al aire vertiginosamente... Algunos transeúntes se mantenían de pie, inmóviles. Ismael, el más joven de los sobrevivientes, toco a uno de estos cadáveres, y lanzó un grito de horror al verle desplomarse pesadamente. Arides se sonrió y los animó a continuar la marcha. Entraron en las tiendas y en las casas que encontraron al paso. La escena se repetía: por todas partes aparecían cuerpos rígidos, inertes, unos que habían caído y otros que conservaban la posición en que los sorprendiera la catástrofe. En las tiendas, comerciantes y vendedores, se mantenían agrupados en actitudes diversas, sonrientes unos, otros graves y flemáticos, como si se dispusiesen a continuar su charla. En las casas, los moradores parecían entregados a sus ocupaciones domésticas. A no ser por los cadáveres que se habían desplomado y por la rigidez de los que se mantenían en actitud vital, se podría aún dudar del cataclismo. Una sirviente se inclinaba ante el fogón. Una joven planchaba a su lado. En un gabinete aparecía un señor grave que leía repantigado en un sillón. En otra estancia preparaba su tocado íntimo una dama elegante...

Vueltos a la calle, un cortejo fúnebre, cuyos acompañantes habían caído unos encima de otros, les impidió el paso obligándoles a dar un rodeo:

—¡Son muertos que acompañan a un muerto! —exclamo Arides irónicamente.

No faltaban gentes asomadas a los balcones, ni manos extendidas de mendigos que pedían limosna sentados contra los muros o en el quicio de las puertas. Aquí y allá se veían perros inmóviles en la aptitud de la carrera, avecillas muertas, coches parados como si el cochero se hubiera caído del pescante por un resbalón del caballo... En la puerta de una peluquería el dependiente del barbero se apo-yaba contra el marco, sonriendo a una modistilla que yacía tendida sobre la acera...

Al desembocar en una plaza, se vieron forzados a detenerse ante una compacta masa de cadáveres allí agrupados, muchos de ellos de pie y en actitud expectante como si aún escu-chasen a un orador silencioso que extendía los brazos desde un gran balcón.

—Ahí están los huelguistas —observó Arides— el del balcón es el alcalde.

Tuvieron que volver sobre sus pasos, y al doblar una esquina se encontraron con un grupo de soldados que tal vez se dirigían a la plaza para reprimir la demostración de los obreros. Yacían en tierra, fusil en mano, semejantes a un grupo de heroicos combatientes muertos bajo el fuego enemigo. El oficial que los mandaba aparecía recostado sobre sus soldados con la cabeza erguida y la espada en la diestra.

A alguna distancia se levantaba una iglesia y a ella se dirigieron, penetrando decididos en el recinto. Un sacerdote se erguía ante el altar. La luz oscilante de los cirios iluminaba vagamente las caras estáticas y compungidas de los fieles en plegaria. Arides y sus acompañantes permanecieron allí un rato, curioseándolo todo. Se habían acostumbrado al espectáculo y se sentían fuertes ante la general mortandad:

—¿Has visto ese viejo? —dijo uno de los hombres a su compañera.

—¡Parece un santo! —contestó ella.

—Por eso está mejor en el otro mundo — exclamó Arides— Vamos.

Salieron y continuaron su marcha. Calles y calles se sucedían, y por todas partes se reproducía el mismo espectáculo.

—¿Estáis ya convencidos del éxito de mi obra? —preguntó al fin Arides a sus acompañantes.

—Sí —contestó uno —ya no cabe duda. Pero ahora lo malo sera cuando estos cadáveres se descompongan. Tendremos una epidemia.

—Todo está previsto. Podría incendiarlo todo en un momento, pero no es preciso: me basta mandar la misma corriente por espacio de unos minutos para que todos esos cuerpos queden reducidos a polvo. Vamos a mi laboratorio y lo veréis.

Efectivamente, agrupados todos en el laboratorio, hizo Arides funcionar su aparato durante unos minutos. Después volvieron a recorrer la ciudad.

El aniquilamiento era completo. Allí, donde habían estado los cuerpos, solo quedaban montones de trapos.

Arides dirigió entonces a sus camaradas un largo discurso, diciéndoles que se instalasen donde quisieran e hicieran lo que les diera la gana, de acuerdo con sus doctrinas; que todo era de ellos, y que a ellos les tocaba iniciar una nueva generación libre y feliz.

—Aprovechad cuanto encontréis a mano —terminó— pero no amontonéis dinero, pues que ya no ha de serviros para nada. ¡La Tierra es nuestra!

El grupo se disgregó después de breve deliberación, husmeando cada cual un acomodo, con arreglo a sus gustos, y Arides se volvió satisfecho a su casa, llevando consigo a la compañera elegida.

La nueva sociedad se había instalado y multiplicado a su gusto, no sin algunas contiendas por el reparto de las cosas y por las mujeres, aun cuando Arides habia procurado evitar disgustos.

Las luchas más serias se suscitaron cuando tuvieron que comenzar la fatiga de labrar la tierra en vista de que las provisiones se iban acabando. No tardaron, por último, en aparecer la ambición y el orgullo con su séquito de envidias y rencores, y como consecuencia la lucha del hombre por tiranizar al hombre, en la cual llevaron la peor parte los humildes y los débiles. Parecía que la Naturaleza se complacía en imponerse a aquellos rebeldes que habían querido burlarla.

Las doctrinas de Arides ya no tenían eco.

Había luchado Arides para establecer la nueva sociedad con arreglo a su ideal, pero estaba cansado: veía lo inútil del empeño; presenciaba apenado el resurgir de los instintos más brutales entre aquellas criaturas libres que no comprendían que al pretender tiranizarse se convertían en esclavos; habia tenido necesidad de imponerse y sabía que le obedecían por miedo, que ya no era un hermano para sus compañeros sino un enemigo, y que él mismo veía otro enemigo en cada uno de ellos... y se arrepentia de su obra.

Una noche, reunidos todos en torno de Arides, discutían como de costumbre:

—Yo ya no os aconsejo nada —decía Arides, contestando a una interrogación—. Vosotros pretendéis establecer de nuevo las pasadas costumbres, no queréis vivir en paz, estáis llenos de ambiciones, rompéis con nuestra tradición empezada ayer, restablecéis la propiedad, hacéis que nuestras ansias de perfección sean vanas, continuáis la historia bárbara y despiadada de cien siglos de servidumbre y demando, y deseáis transmitirla a vuestros hijos...

—La culpa la tiene este —exclamó uno— pues se empeña en apropiarse todo lo bueno que encuentra a mano. ¡Como que se ha instalado en un palacio y no deja entrar a nadie!

—¡Ese palacio es mi casa! —repuso el inculpado— ¡Me lo he apropiado como tú te has apropiado otras cosas, y allí no entrará nadie porque tengo perfecto derecho a vivir en paz y como me acomode!

—Yo protesto —manifestó otro— de las molestias que me impone Manlio. Se empeña en que yo he de ser su criado, todo porque él es más ilustrado y más inteligente que yo.

—¿Y qué harías tú, bruto imbécil, si yo no te guiase? —gritó Manlio.

—Lo malo está —dijo Ismael— en que el trabajo se reparte mal, porque no todos tienen la misma voluntad de trabajar. ¡Si yo produzco diez, quiero mis diez!

—Si tú produces diez —contestó Manlio debes conformarte con uno y recoger los otros nueve de la producción de los demás.

—Pero si los otros no producen como diez o la producción es inferior o a mí no me hace falta, siempre saldré yo perdiendo en el reparto porque produzco más. Ahí está Sixto que le da ahora por ser poeta: ¿voy yo a darle parte del producto de mi trabajo a cambio de unos versos, que a mí no me sirven para nada y que ni siquiera sé, ni me importa, si son buenos o malos? ¡Eso no es trabajo!

—Yo, por mi parte —interrumpió Esther, la más bella y codiciada de las sobrevivientes— deseo separarme de mi compañero Honorio.

—¿Por qué?... —exclamo Honorio con mirada centelleante.

—En uso de mi derecho. Arides ha dicho que todos somos libres.

—¡Di que has perdido la cabeza al verte tan obsequiada por todos!

—¡Eso es verdad! —asintió Aciscla con ira—. A mi hombre lo has trastornado, pero chasco te llevas si crees que yo lo voy a consentir...

—Tiene razón Esther —observó otro— ella es libre, y si quiere separarse de Honorio nadie tiene por qué impedírselo.

—Se separara de Honorio —grito una voz varonil— pero no para irse contigo...

—¡Eso lo veremos!

—¡Ni con el uno ni con el otro! —exclamó otra voz—. Esther me ha prometido ser mi compañera si se separa de Honorio.

—¿Y crees que yo te voy a permitir que me

dejes plantada?... —chilló una voz femenil, vibrante de ira.

—¡Soy muy dueño de hacerlo!

—¡Aquí no hay derecho sobre nadie!

—¡Pero hay deberes!

—¡Es que Esther parece que se ha propuesto volvernos locos a todos! ¡Querrá ser la reina!

—¡Lo es por su belleza! —gritó Sixto—. ¡Ya viene este con sus ínfulas de poeta!

—¡No admitimos reyes ni reinas!

—¡Será de quien se la gane!...

—¡Mía! ¡A ver si hay quien se atreva a disputármela!

—¡Yo!

—¡Y yo!

—¡Y nosotros!...

La confusión fue espantosa, los puños cayeron como mazas sobre los rostros irritados, y las bocas profirieron toda clase de imprecaciones y denuestos.

Arides se impuso con gesto irritado y voz amenazadora, y los contendientes se fueron cada uno por su lado, refunfuñando como fieras que solo esperan la ocasión de destrozar al domador.

Aquella noche se retiró Arides a su casa más abatido y desengañado que nunca. ¿De qué le habían servido tantos años de sacrificio y estudio? ¿Qué esperar de aquellas criaturas tan brutalmente egoístas? ¿Qué hacer?... Es verdad que él podía ser el árbitro, el rey, el tirano, lo que quisiera, imponiéndoseles por el terror, pero antes que volver al estado de cosas que tanto había odiado, prefería acabar con todo. La nueva generación se presentaba con instintos atávicos y tan poco podía confiar en ella. Su misma compañera le habia abandonado...

Se acostó, pero no pudo dormir: con el desengaño se había apoderado de él la desesperación, sus nervios estaban crispados y un deseo insaciable de destrucción lo poseía y lo inflamaba.

—!No hay duda! —exclamó al fin saltando del lecho—. El egoísmo, la crueldad, la ira, la envidia, el odio, los instintos bestiales, son fatalmente ingénitos en la naturaleza humana. Debí pensar en transformar, no a la sociedad, sino al hombre... ¿Pero esta esto en mi mano?... ¿Y vale la pena de que subsista ese montón de seres que solo piensan en explotarse, oprimirse y despojarse unos a otros?... ¿No puedo yo aniquilarlos?

¿Y puesto que puedo, no tengo derecho a hacerlo?...

Se irguió con gesto irritado y mirada iracunda, abrió la ventana, contemplo durante largo rato el paisaje a la luz de la luna, como si quisiera dar un postrer adiós a la vida, y se dirigió al fin, a tientas, al laboratorio.

Al penetrar en la amplia estancia se le oprimió el corazon: allí estaban sus máquinas misteriosas, los dóciles aparatos a los cuales él había considerado como sus más fieles amigos, pero que también le habían hecho traición: había soñado destruir para edificar después, y solo le era dado lo primero...

En las sombras, con la certera seguridad del que maneja instrumentos que le son habituales, afianzó poleas, ajustó engranajes, estableció contactos, y asiendo resueltamente la manivela de un volante lo hizo girar con la energia de un frenético. El aire se incendió entonces como si fuese un gas inflamable, violentas sacudidas agitaron el suelo con el estridor de monstruoso terremoto y la ciudad quedó convertida en inmensa hoguera...

FIN

Novelas reeditadas por Libros Mablaz
escritas por mujeres

CLÁSICOS DE CIENCIA FICCIÓN

PASCUAL LÓPEZ:
AUTOBIOGRAFÍA
DE UN ESTUDIANTE DE MEDICINA

EMILIA PARDO BAZÁN

PRÓLOGO DE RICARDO MUÑOZ FAJARDO:
LAS ESCRITORAS DE FANTASÍA

CLÁSICOS DE CIENCIA FICCIÓN

ROSALÍA DE CASTRO

EL CABALLERO
DE LAS
BOTAS AZULES

241
ablaz

PRÓLOGO DE RICARDO MUÑOZ FAJARDO:
LITERATURA FANTÁSTICA DE ROSALÍA DE CASTRO Y OTRAS

LA MUJER FRÍA

Carmen de Burgos, *Colombine*

PRÓLOGO DE RICARDO MUÑOZ FAJARDO:
CARMEN DE BURGOS

CLÁSICOS - LIBROS MABLAZ

Novelas AMOROSAS y EJEMPLARES

María de Zayas

PRÓLOGO DE RICARDO MUÑOZ FAJARDO:
LAS MUJERES DEL SIGLO DE ORO

Libros Mablaz

Narrativa — Relatos

/www.librosmablaz.com/